Bianca

LA NOVIA ELEGIDA DEL JEQUE

Jennie Lucas

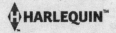

HARLEQUIN

Editado por Harlequin Ibérica.
Una división de HarperCollins Ibérica, S.A.
Núñez de Balboa, 56
28001 Madrid

© 2019 Jennie Lucas
© 2019 Harlequin Ibérica, una división de HarperCollins Ibérica, S.A.
La novia elegida del jeque, n.º 2718 - 7.8.19
Título original: Chosen as the Sheikh's Royal Bride
Publicada originalmente por Harlequin Enterprises, Ltd.

I.S.B.N.: 978-84-1328-125-4
Depósito legal: M-20695-2019
Impreso en España por: BLACK PRINT
Fecha impresion para Argentina: 3.2.20
Distribuidor exclusivo para España: LOGISTA
Distribuidor para México: Distibuidora Intermex, S.A. de C.V.
Distribuidores para Argentina: Interior, DGP, S.A. Alvarado 2118.
Cap. Fed./Buenos Aires y Gran Buenos Aires, VACCARO HNOS.

Capítulo 1

ESTÁ hablando en serio?

Omar bin Saab al Maktoun, rey de Samarqara, contestó fríamente a su visir:

—Siempre hablo en serio.

—No lo dudo, pero un mercado de novias… —empezó el visir, cuya cara de pasmo brillaba bajo la luz de las vidrieras de palacio—. ¡Ha pasado un siglo desde que se hizo por última vez!

—Razón de más para que se vuelva a hacer.

—Nunca me habría imaginado que usted, precisamente usted, añoraría las viejas costumbres —replicó el visir, sacudiendo la cabeza.

Omar se levantó bruscamente del trono y contempló la ciudad desde una de las ventanas. La había modernizado mucho en los quince años transcurridos desde que heredó el reino. Ahora, los antiguos edificios de piedra y arcilla se mezclaban con brillantes rascacielos de acero y cristal.

—¿Va a sacrificar su felicidad a cambio de apaciguar a unos cuantos críticos? —prosiguió Khalid—. ¿Por qué no se casa con la hija de Hassan al Abayyi, como espera todo el mundo?

—Solo lo esperan la mitad de los nobles —puntualizó Omar—. La otra mitad se rebelaría porque piensan que Hassan acumularía demasiado poder si su hija se convierte en reina.

—Ya se les pasará… Laila al Abayyi es su mejor opción, Majestad. Es una mujer bella y responsable, incluso descontando el hecho de que ese matrimonio cerraría la trágica brecha que se abrió entre sus respectivas familias.

Omar se puso tenso, porque tenía muy presente esa tragedia. Llevaba quince años intentando olvidarla, y no estaba dispuesto a casarse con una mujer que se la recordaría todos los días.

—No insista. Comprendo que Samarqara necesita una reina y que el reino necesita un heredero; pero el mercado de novias es la solución más eficaz.

—¿La solución más eficaz? La más sórdida, querrá decir. Le ruego que lo reconsidere, Majestad. Piénselo bien.

—Tengo treinta y seis años, y soy el último de mi estirpe. Ya he esperado demasiado tiempo.

—¿Está seguro de que quiere casarse con una desconocida? —preguntó Khalid, sin salir de su asombro—. Recuerde que, si tiene un hijo con ella, no se podrá divorciar. Nuestras leyes lo prohíben.

—Lo sé perfectamente.

El visir, que conocía a Omar desde la infancia, cambió de tono y se dirigió a él por su nombre de pila, apelando a su estrecha relación.

—Omar, si se casa con una desconocida, se condenará a toda una vida de pesares. ¿Y para qué? No tiene sentido.

Omar no tenía intención de compartir con él sus sentimientos, aunque fuera su más leal y querido consejero. Ningún hombre quería abrir su corazón hasta tal extremo y, mucho menos, un hombre que además era rey, así que contestó:

—Ya le he dado mis razones.

Khalid entrecerró los ojos.

—¿Tomaría esa decisión si toda la nobleza le pidiera que se case con Laila? ¿Seguiría adelante en cualquier caso?

—Por supuesto que sí –respondió Omar, convencido de que eso no iba a pasar–. Mis súbditos son lo único que me importa.

El visir ladeó la cabeza.

—¿Tanto como para arriesgarlo todo con una tradición bárbara?

—Con una tradición bárbara y con lo que haga falta –dijo el rey, perdiendo la paciencia–. No permitiré que Samarqara vuelva a caer en el caos.

—Pero…

—Basta. He tomado mi decisión. Busque a veinte mujeres que sean lo suficientemente inteligentes y bellas como para ser mi esposa –le ordenó, saliendo de la sala del trono–. Empiece de inmediato.

¿Cómo era posible que se hubiera prestado a algo así?

Beth Farraday echó un vistazo al elegante salón de baile de la mansión parisina donde se encontraba. Era un *hôtel particulier*, un palacio del siglo XVIII que pertenecía al jeque Omar bin Saab al Maktoun, rey de Samarqara y que, al parecer, estaba valorado en cien millones de euros.

Beth lo sabía por los criados con los que había estado charlando, las únicas personas con las que se sentía cómoda. Y no era de extrañar, porque su mundo no podía estar más alejado del mundo de las elegantes mujeres que se habían reunido allí, con sus vestidos de cóctel y sus impresionantes currículum.

Hasta entonces, había reconocido a una ganadora del premio Nobel, a una del premio Pulitzer y a otra de los Oscar. También había una famosa artista japonesa, una conocida empresaria de Alemania, una deportista profesional de Brasil y la senadora más joven de toda la historia de California.

Y luego estaba ella, que no era nadie.

Pero todas estaban allí por lo mismo: porque el jeque en cuestión estaba buscando novia.

Nerviosa, probó el exquisito champán que le habían servido y se volvió a preguntar qué demonios hacía en esa especie de harén. No eran de su clase. No pertenecía a ese lugar.

Beth lo sabía desde el principio, desde que se había subido a un avión en Houston para dirigirse a Nueva York, donde la esperaba un reactor privado. Pero no había tenido elección. Su hermana gemela le había rogado que la sustituyera, y no había sido capaz de negarse.

–Por favor, Beth –le había dicho–. Tienes que ir.

–¿Pretendes que me haga pasar por ti? ¿Es que te has vuelto loca?

–Iría si pudiera, pero acabo de recibir la invitación, y ya sabes que no puedo dejar el laboratorio. ¡Estoy a punto de descubrir algo importante!

—¡Siempre estás a punto de descubrir algo importante!

—Oh, vamos, a ti se te dan mejor estas cosas –dijo su hermana, que era todo un cerebrito–. Yo no sé tratar a la gente. No soy como tú.

–Lo dices como si fuera una modelo o algo así –ironizó Beth, barriendo el suelo de la tienda donde trabajaba.

–Solo tienes que presentarte en París para que me den el millón de dólares que ofrecen. ¡Imagínate lo que podría hacer con ese dinero! ¡Marcaría la diferencia en mi investigación!

–Siempre me estás presionando con eso de que curarás a un montón de enfermos de cáncer –protestó ella–. Crees que solo tienes que mencionarlo para que haga lo que tú quieres.

–¿Y no es verdad?

Beth suspiró.

–Sí, supongo que sí.

Por eso estaba en París, con un vestido rojo que le quedaba demasiado ajustado, porque era la única de las presentes que no tenía la talla que habían pedido en la convocatoria. Se encontraba tan fuera de lugar con el vestido como con todo lo demás.

Al llegar a la capital francesa, las habían llevado a un hotel de lujo de la avenida Montaigne y, a continuación, al *hôtel particulier,* como habían definido los criados a la mansión. Desde entonces, no había hecho otra cosa que mirar a sus preciosas compañeras mientras hablaban una a una con un hombre de ojos oscuros que llevaba una túnica. Y ya habían pasado varias horas.

Aparentemente, los empleados del jeque la estaban dejando para el final porque no sabían qué hacer con ella. Era como si hubieran decidido que no encajaba en los gustos de su jefe.

Sin embargo, eso no le molestaba en absoluto, porque ardía en deseos de que la rechazaran; lo que le molestaba era la actitud del resto de las mujeres, que se mostraban tan sumisas como coquetas cuando aquel hombre las señalaba con el dedo y les hacía un gesto para que se acercaran a él.

¿Por qué se comportaban así? Eran personas con éxito, grandes profesionales. ¡Incluso había reconocido a Sia Lane, una de las actrices más famosas del mundo!

Beth estaba allí por hacer un favor a su hermana y por una razón menos altruista: la de aprovechar el viaje para ver París. Pero ¿por qué estaban ellas? Ni siquiera necesitaban el dinero. Eran tan bellas y famosas como pudientes.

Además, el rey no era ninguna maravilla. En la distancia, parecía demasiado delgado para ser atractivo, y sus modales dejaban bastante que desear; por lo menos, para alguien del oeste de Texas. En su tierra, cualquier anfitrión decente habría empezado por saludar adecuadamente a sus invitadas.

Beth dio su copa vacía a un camarero y sacudió la cabeza. ¿Qué tipo de hombre pedía veinte mujeres como si fueran pizzas? ¿Qué tipo de hombre podía elegir ese sistema para encontrar esposa?

Desde su punto de vista, era un cretino de mucho cuidado, por mucho dinero y poder que tuviera. Pero, afortunadamente, no la encontraba apetecible.

Nadie la encontraba apetecible.

Por eso seguía siendo virgen a sus veintiséis años.

Beth se acordó súbitamente de las deprimentes

palabras que le había dedicado Wyatt, el hombre que le había partido el corazón. Tras pedirle disculpas por no sentir nada por ella, había añadido algo que no se podía quitar de la cabeza: que la encontraba demasiado vulgar.

El recuerdo la alteró de tal manera que salió del abarrotado salón porque no podía respirar. Y, momentos después, se encontró en un jardín sin más luz que la de la luna.

Una vez allí, cerró los ojos, respiró hondo e intentó olvidar, repitiéndose para sus adentros que no necesitaba que nadie la quisiera. Además, estaba ayudando a su hermana. Gracias a ella, tendría dinero para su investigación. Y por la tarde, saldría a ver la Torre Eiffel y el Arco del Triunfo, se sentaría en una terraza y se tomaría un café y un croissant mientras el mundo pasaba a su lado.

Por desgracia, ese era precisamente su problema: que el mundo siempre pasaba de largo mientras ella se limitaba a mirar. Incluso allí, en aquella mansión de cuento de hadas, rodeada de famosas.

Siempre se quedaba sola.

Pero esa noche no estaba tan sola como creía. Lo supo segundos después, al ver la silueta de un hombre entre los árboles del jardín.

¿Qué estaría haciendo? Beth no podía ver su cara, pero distinguió la elegancia de sus pasos y la rectitud de sus hombros, típica de una chaqueta de traje. Y, a pesar de la oscuridad, también notó que estaba enfadado o quizá, deprimido.

Olvidando sus propios problemas, caminó hacia él y le dijo:

–*Excusez-moi, monsieur, est-ce que je peux vous aider?*

El hombre la miró, y Beth pensó que no era extraño que lo viera tan mal en las sombras. Sus ojos eran tan negros como su pelo y, por si eso fuera poco, llevaba un traje del mismo color.

–¿Quién es usted? –replicó con frialdad.

Beth estuvo a punto de decirle su nombre, pero se acordó de que estaba sustituyendo a su hermana y contestó:

–Edith Farraday. La doctora Edith Farraday.

Él sonrió.

–Ah, la niña prodigio que investiga el cáncer en Houston.

–En efecto. Y supongo que usted será un empleado del jeque, ¿verdad?

Él volvió a sonreír.

–Sí, algo así –respondió con humor–. ¿Por qué no está en el salón?

–Porque me aburría y porque tenía un calor espantoso.

El hombre bajó la mirada y la observó con detenimiento. Beth se ruborizó y se subió un poco el escote, que apenas ocultaba sus generosos senos.

–Ya sé que el vestido me queda pequeño –continuó–. No tenían ninguno de mi talla.

–¿Ah, no? –preguntó él, sorprendido–. Debían tenerlos de todas las tallas.

–Y tenían de todas, pero solo para mujeres con cuerpo de modelo –explicó Beth–. Era ponerme este vestido o presentarme con los vaqueros y la sudadera que llevaba esta mañana. Desgraciadamente, se mojaron cuando salí a pasear, porque se puso a llover.

–¿No se quedó en el hotel, como las otras?

–¿Para qué? ¿Para acicalarme y estar más guapa cuando me presentaran al jeque? –dijo con sorna–. Sé que no soy su tipo de mujer. Solo he venido porque tenía ganas de ver París.

–¿Por qué está tan segura de que no es su tipo?

–Porque sus empleados no saben qué hacer conmigo. He estado varias horas en ese salón, y el jeque no se ha dignado a señalarme con su dedo.

Él frunció el ceño.

–¿Ha sido maleducado con usted?

–No, yo no diría tanto. Pero, de todas formas, él tampoco me gusta.

–¿Cómo lo sabe? Es evidente que no lo ha investigado.

Esa vez fue Beth quien frunció el ceño. ¿Cómo sabía que no se había tomado esa molestia?

–Sí, soy consciente de que tendría que haberlo investigado por Internet –admitió–. Pero recibí la invitación hace dos días, y estaba tan ocupada que…

–¿Ocupada? –la interrumpió él–. ¿Con qué?

Beth carraspeó. Había estado trabajando a destajo porque, de lo contrario, el dueño de la tienda se habría negado a concederle unos días libres. Pero no le podía decir la verdad.

–Con mi investigación, claro –contestó.

–Lo comprendo. Su trabajo es ciertamente importante.

Él la miró con intensidad, como esperando a que profundizara un poco en su supuesta labor. Pero Beth, que no recordaba ninguno de los detalles técnicos que su hermana le había dado, solo pudo decir:

—Sí, desde luego. El cáncer es malo.

—Lo es —dijo él, arqueando una ceja.

Beth se apresuró a cambiar de conversación.

—Entonces, ¿trabaja para el rey? —se interesó—. ¿Qué estaba haciendo aquí? ¿Por qué no estaba en el salón?

—Porque no quiero estar allí.

A Beth le extrañó que respondiera con una obviedad que no explicaba nada. Pero no fue su extrañeza ni la súbita brisa que acarició sus brazos desnudos lo que causó su estremecimiento posterior, sino el poderoso y perfecto cuerpo del hombre que estaba ante ella.

No se había sentido tan atraída por nadie en toda su vida. El simple hecho de estar a su lado resultaba abrumador. Era tan alto y fuerte que exudaba poder por todas partes. Y, si su cuerpo la abrumaba, qué decir de aquellos ojos negros que reflejaban la escasa luz del jardín y la incitaban a sumergirse en él como en un mar oscuro, profundo y traicionero.

Sus emociones eran tan intensas que tuvo que hacer un esfuerzo para apartar la vista.

—Bueno, volveré dentro y esperaré a que el rey me señale con su dedo —dijo, soltando un suspiro—. A fin de cuentas, me pagan por eso.

—¿Que le pagan?

Ella lo miró con sorpresa.

—Sí, claro. Todas recibimos un millón de dólares por el simple hecho de venir y, si nos invitan a quedarnos, otro millón por cada día.

–Eso es completamente inadmisible –replicó él, enfadado–. La posibilidad de ser reina de Samarqara debería ser pago suficiente.

–Si usted lo dice… Aunque me da la impresión de que el dinero tiene algo que ver con la presencia de esas mujeres –ironizó Beth–. Hasta las famosas lo necesitan.

–¿Y usted? ¿También ha venido por eso?

–Por supuesto –respondió ella en voz baja.

Beth no salía de su asombro. Era la primera vez que un hombre le prestaba tanta atención, y no se trataba de un hombre normal y corriente, sino de uno que parecía salido de un cuento de hadas.

Cuando la miraba, su corazón latía más deprisa. Cuando se acercaba un poco, se le aceleraba la respiración de tal manera que sus pechos subían y bajaban peligrosamente bajo el corpiño del estrecho vestido rojo, amenazando con salirse por el escote.

¿Qué habría pasado si se hubiera acercado más?

–Así que solo está aquí por el dinero… –dijo él.

–La investigación del cáncer es muy cara.

–Sí, ya me lo imagino. Pero no sabía que pagaran millones a esas mujeres por el simple hecho de venir.

–¿Ah, no?

La ignorancia del impresionante desconocido la llevó a la conclusión de que no debía de tener una relación estrecha con el jeque, y se sintió inmensamente aliviada. Estaba tan fuera de lugar como ella, así que no le diría a su jefe que se había cruzado con Edith Farraday y que le había parecido una tonta temblorosa y jadeante.

–¿Qué relación tiene con el rey? –preguntó con

curiosidad–. ¿Es uno de sus secretarios? ¿Un guardaespaldas quizá?

Él sacudió la cabeza.

—No, ni mucho menos.

—Oh, vaya, ¿es familiar suyo? En ese caso, le ruego que me disculpe. Como ya le he dicho, he tenido tanto trabajo que no he podido investigar. Podría haberme conectado a Internet en el avión, pero estaba agotada. Y como he salido a pasear por París…

Beth se odió a sí misma por estar balbuceando, pero él arqueó una ceja y la miró con verdadero interés, como si estuviera ante un enigma que no conseguía resolver.

¿Ella? ¿Un enigma? ¡Pero si era un libro abierto!

Perpleja, se tuvo que recordar que no se había presentado como Beth Farraday, sino como Edith. Y no se podía arriesgar a que aquel hombre descubriera su secreto.

Hasta entonces, no le había parecido que estuviera haciendo nada malo. Su hermana necesitaba ese favor, y ella tenía la oportunidad de ver París. Pero el rey de Samarqara no iba a pagar una fortuna por conocer a la empleada de una tienda de Houston, sino a una investigadora famosa. Y lo que estaban haciendo tenía un nombre: fraude.

Nerviosa, se volvió a subir el escote del vestido, porque él se había acercado más y sus pechos seguían empeñados en escapar de su confinamiento. No era extraño que sus ojos se clavaran una y otra vez en esa parte de su cuerpo.

—En fin, será mejor que me vaya –acertó a decir, avergonzada de sí misma.

Beth dio media vuelta y se dirigió a la mansión, pero él la siguió rápidamente y preguntó:

—¿Qué le parecen?

—¿De qué me está hablando?

—De las otras mujeres.

Beth frunció el ceño.

—¿Por qué lo pregunta?

—Porque me interesa la opinión de una persona que, según dice, no tiene ninguna posibilidad con el rey —respondió él—. Si no la tiene usted, ¿quién la tiene?

Ella entrecerró los ojos.

—¿Me promete que no se lo dirá al jeque?

—¿Importaría mucho?

—Es que no quiero dañar las posibilidades de nadie.

Él se llevó una mano al pecho y dijo:

—Entonces, le prometo que quedará entre nosotros.

Beth asintió.

—No sé, supongo que él optará por la estrella de cine. Al fin y al cabo, es la más famosa de todas.

—¿Se refiere a Sia Lane?

—Sí, claro. Además, es tan bella como encantadora, aunque puede llegar a ser de lo más desagradable. Cuando estábamos en el avión, se encaró con una pobre azafata porque no tenían el agua mineral que le gusta y, al llegar al hotel, amenazó al botones con dejarlo sin trabajo si su equipaje sufría el menor desperfecto.

—¿En serio?

—Sí. Es el tipo de persona que se liaría a patadas con un perro. Salvo que el perro fuera útil para su carrera profesional.

Él soltó una carcajada.

–Lo siento, no debería haber dicho eso –continuó ella, sacudiendo la cabeza–. Seguro que es una persona maravillosa. Habrá tenido un mal día.

–Es posible. Pero ¿a quién elegiría usted?

–A Laila al Abayyi. Todo el mundo la adora. Y es de Samarqara, así que conoce las costumbres y la cultura del país.

Él frunció el ceño y dijo con brusquedad:

–No, elija a otra.

Beth se quedó momentáneamente confundida.

–¿A otra? Bueno, Bere Akinwande es amable, inteligente y tan bella como Sia Lane. Sería una reina fantástica. Aunque, a decir verdad, no sé por qué quieren casarse esas mujeres con el rey Omar.

–¿Y eso?

–¿Le parece normal que busque esposa de esa manera? ¿Qué tipo de hombre hace algo así? Está al borde del *reality show*.

–No sea tan dura con él. Encontrar esposa es difícil para un hombre de su posición, aunque supongo que todo esto será igualmente duro para usted. No en vano, se ha visto obligada a dejar un trabajo importante para encontrar marido a la antigua usanza.

Beth volvió a suspirar.

–Sí, tiene razón. No tengo derecho a juzgarlo. Él nos paga por venir, pero nosotras no le pagamos a él –admitió–. Pensándolo bien, debería darle las gracias… si es que tengo ocasión de conocerlo, claro.

Justo entonces, se oyó la voz de otro hombre.

–¿Qué está haciendo aquí, señorita Farraday? ¡Entre ahora mismo! La necesitan en el salón.

El recién llegado, que resultó ser uno de los empleados del rey, se quedó atónito al ver al acompañante de Beth.

–Discúlpeme, señorita –continuó, súbita y extrañamente amable–. Si tuviera la amabilidad de regresar al salón, le estaríamos muy agradecidos.

–Vaya, parece que por fin voy a conocer a Su Majestad –dijo Beth a su atractivo desconocido–. Deséeme suerte.

Él le puso una mano en el hombro y dijo:

–Buena suerte.

Beth se estremeció de nuevo al sentir su contacto.

–De todas formas, estoy segura de que fracasaré. Es mi destino. Soy una profesional del fracaso.

Él la miró con sorpresa, y Beth se maldijo a sí misma por haber dicho eso. La fracasada era ella, no Edith. Y se suponía que era Edith.

–En fin, no me haga caso –añadió–. Hasta luego…

Cuando volvió al salón, Beth se dio cuenta de que ya no estaba nerviosa. La incomodidad de conocer a un rey y de encontrarse entre algunas de las mujeres más famosas del mundo había desaparecido por completo.

En cambio, no dejaba de pensar en el fascinante moreno que había estado charlando con ella a la luz de la luna, en un jardín de París.

Omar se quedó donde estaba, perplejo.

¿Sería verdad que la doctora Edith Farraday no le había reconocido? Resultaba difícil de creer, pero era toda una novedad. Ninguna mujer había fingido nunca que no lo conocía.

En circunstancias normales, habría desconfiado de ella; a fin de cuentas, era un hombre tan famoso que aparecía de forma habitual en los medios de comunicación. Sin embargo, su instinto le decía que no lo estaba engañando. No sabía quién era. Y, puestos a no saber, él tampoco sabía que Khalid se hubiera comprometido a pagar un millón de dólares a las candidatas.

Por una parte, era una decisión lógica, porque no podían esperar que veinte mujeres tan famosas como ocupadas se presentaran en París sin más motivo que la posibilidad de ser su reina; pero, por otra, se sintió insultado. ¿Tan poco valor tenía?

En cualquier caso, la culpa era suya. Había pedido a Khalid que se encargara de todo, y se había encargado de todo. Él era quien estaba en el salón, entrevistando a las mujeres; él era quien debía elegir a diez para presentárselas al día siguiente y, desde luego, también era el que había establecido los criterios de la lista inicial.

Omar solo le había puesto la condición de que fueran inteligentes y brillantes, condición que había cumplido sobradamente. De hecho, se habría llevado una sorpresa de lo más agradable al ver la lista si Khalid no hubiera incluido el nombre de cierta princesa.

—¿Por qué ha invitado a Laila? —le preguntó entonces—. Le dije que no quiero casarme con ella.

—No dijo exactamente eso. Dijo que solo se casaría con ella si todos sus nobles estuvieran de acuerdo.

—Y no lo están.

—Pero pueden cambiar de opinión.

—No cambiarán —replicó Omar, molesto—. Aunque me sorprende que Laila se haya rebajado a venir.

–Al igual que usted, la señorita antepone las necesidades de Samarqara a las suyas –afirmó el visir–. Su padre se enfadó mucho cuando supo lo del mercado de novias, pero Laila lo tranquilizó mediante el procedimiento de decirle que le parecía bien y que ella también apoya las viejas tradiciones. Ha venido por motivos diplomáticos, por el bien de la nación.

Omar pensó que el millón de dólares tampoco le vendría mal; sobre todo, teniendo en cuenta que ganaría uno más por cada día que se quedara. Pero, naturalmente, se lo calló.

A fin de cuentas, la suerte estaba echada. Tenía treinta y seis años y, si le pasaba algo, no habría ningún heredero al trono. Su familia se reducía al propio Khalid y a un primo lejano que ni siquiera era un Al Maktoun, sino un Al Bayn. Necesitaba hijos. No se podía arriesgar a que Samarqara volviera a sufrir una guerra civil como la que había sufrido en tiempos de su abuelo.

Pero tampoco se podía arriesgar a casarse por amor.

No, no volvería a caer en la trampa del enamoramiento. Ya no era un jovencito inexperto, sino un hombre adulto; y, cuando le asaltaban las dudas, se concentraba en su trabajo y las olvidaba. No era difícil. Los asuntos de Estado llevaban mucho tiempo.

En cualquier caso, estaba condenado a tomar una decisión sobre el proceso que él mismo había puesto en marcha, el mercado de novias. Teóricamente, los miembros del Consejo tenían la última palabra al respecto; pero la mujer que eligieran sería algo más que una reina: también sería su esposa, su amante y la madre de sus hijos.

Omar intentó no pensar en la advertencia de su visir, quien estaba convencido de que casarse con una desconocida era condenarse a una vida de pesares. Además, la opinión de sus consejeros no le preocupaba; en el peor de los casos, no elegirían peor de lo que él había elegido quince años antes.

Tenso, se puso a caminar de un lado a otro. El protocolo dictaba que no podía ver a las pretendientes hasta que pasaran la primera criba, y la espera le estaba sacando de quicio. Por eso había salido al jardín, en busca de sosiego. Pero, en lugar de encontrar la paz que buscaba, se encontró con una mujer tan sensual como desconcertante.

Omar se sintió violentamente atraído por la belleza de aquel cuerpo exuberante, cuyas curvas desafiaban la resistencia de un vestido demasiado pequeño. Y, por si su apariencia física fuera poca tentación, su franqueza y su naturalidad habían hecho el resto.

Durante unos minutos, se había olvidado de todos sus problemas. Se lo estaba pasando en grande. Hasta que ella mencionó a Laila, la hermanastra de su difunta prometida.

¿Es que no podía escapar de su pasado?

Omar miró la luna, estremecido. En su momento, la idea de organizar un mercado de novias le había parecido una forma segura de empezar de cero; pero el destino se empeñaba el recordarle su primer intento de casarse.

Había sido desastroso. Toda una tragedia.

Por fin, se cansó de caminar y se dirigió al salón de baile, siguiendo los pasos de la supuesta Edith Farraday. Al llegar, se detuvo en las sombras para que no lo vieran y se dedicó a mirar al objeto de su deseo, que estaba charlando con Khalid.

Sus miradas se encontraron al cabo de unos segundos, y él supo que había descubierto su identidad porque sus ojos brillaban con furia.

Lejos de molestarse, Omar admiró su sinuoso cuerpo con redoblado interés. Sus últimas relaciones amorosas habían sido de carácter estrictamente sexual; pero casi siempre, con mujeres ambiciosas y frías que no le satisfacían en absoluto. No se parecían en nada a Ferida al Abayyi, la morena de ojos negros que había fallecido antes de que pudiera casarse con ella.

Y ahora, la suerte lo cruzaba en el camino de otra mujer apasionada.

Omar la observó con detenimiento. Tenía una cara preciosa, de labios grandes, pecas en la nariz y cabello entre castaño claro y rubio. Desgraciadamente, la oscuridad del jardín había impedido que descubriera el color de sus ojos y, como ella estaba en el extremo opuesto de la sala, tampoco salió de dudas en esa ocasión; pero lo miraban de tal manera que se excitó.

Mientras admiraba sus curvas, pensó que el vestido que llevaba debería estar prohibido. Si se hubiera roto por las costuras y se hubiera quedado desnuda delante del visir, no se habría llevado ninguna sorpresa. Era una bomba, una verdadera provocación. Vestida así, podía hacer lo que quisiera con cualquier hombre; o, por lo menos, con él.

No podía pensar en otra cosa que no fuera llevarla a la cama. Solo la había tocado una vez, en el jardín, cuando le puso una mano en el hombro; pero su piel le había parecido suave como la seda, y ardía en deseos de comprobar si el resto de su cuerpo era igual.

Lamentablemente, no la podía seducir. Un mercado de novias no era un sitio adecuado para ligar, por mucho que a ella le pareciera una especie de *reality show*; era una tradición tan antigua como seria.

Si quería que fuera suya, tendría que ofrecerle el matrimonio; pero no se lo podía ofrecer porque tuviera un cuerpo pecaminoso, sino por sus habilidades. Y, en ese sentido, también destacaba sobre las demás. A fin de cuentas, la doctora Farraday estaba intentando curar el mismo tipo de leucemia infantil que había matado a su hermano mayor.

Sin embargo, la mujer con la que había estado charlando no encajaba con la descripción de su currículum. No parecía la persona que se había graduado en Harvard a los diecinueve años y que, a los veintiséis, ya estaba dirigiendo un equipo de investigadores en Houston. No parecía la profesional que, según le habían contado, no salía nunca de su laboratorio.

Se comportaba como si fuera otra persona. Era divertida, amable y cálida. Lo era tanto que la deseaba con toda su alma. O quizá la deseara por la simple y pura razón de que no tenía nada que ver con las mujeres a las que estaba acostumbrado.

De repente, se oyó un rumor de cuchicheos que solo podía significar una cosa: que el resto de las candidatas lo habían visto y lo habían reconocido. Omar dio media vuelta entonces y, sin decir palabra, volvió al jardín y se dirigió a sus habitaciones.

Ya entrada la noche, Khalid llamó a la puerta y entró. Omar estaba en la ventana, mirando a las veinte mujeres que, en ese preciso momento, se subían a sus respectivas limusinas para regresar al lujoso hotel Campania, de la avenida Montaigne.

–Las cosas que tengo que hacer por usted, Majestad –dijo el recién llegado–. ¿Ya ha entrado en razón? ¿Se casará con Laila?

Omar hizo caso omiso de su pregunta y replicó con otra.

–¿Ya ha elegido a diez?

–Sí, aunque no ha sido fácil –respondió el visir–. Todas son igualmente perfectas. Todas menos la última que he entrevistado, la señorita Farraday. No creo que sea su tipo de mujer.

–¿Mi tipo de mujer? –dijo Omar, molesto–. ¿Por qué cree todo el mundo que tengo un tipo de mujer?

–Porque lo tiene.

–¿Y la señorita Farraday no encaja en él?

–Bueno, es una joven preciosa, pero demasiado corriente para usted. Además, es obvio que ha ganado peso desde que nos envió sus fotografías. El vestido le quedaba ridículamente ajustado, ¿no le parece?

Omar se giró hacia la ventana en el preciso instante en que la doctora Farraday abría la portezuela de su limusina y echaba un vistazo triste a la mansión, como si pensara que no la volvería a ver.

Mientras la miraba, él se acordó de lo que había dicho en el jardín sobre el fracaso. Le había parecido un comentario de lo más extraño, viniendo de una científica mundialmente famosa. ¿Por qué se sentía una fracasada? ¿Porque aún no había encontrado la cura que estaba buscando?

Fuera como fuera, Omar pensó que tenían algo

importante en común. Los dos conocían el peso de la responsabilidad. Ella, por las consecuencias de su investigación médica y él, por el deber de dirigir una nación.

Sin embargo, Khalid estaba en lo cierto al afirmar que era demasiado corriente. No tenía ni el carácter dominante ni la formalidad ni la arrogancia que cabía esperar de una reina. Era poco ortodoxa y nada solemne. Era demasiado sincera, demasiado directa, demasiado sexy. Era la única de las veinte candidatas de las que un hombre como él se podía enamorar.

Pero no podía correr ese riesgo. La experiencia le decía que el precio de amar era inadmisiblemente alto, y no solo para él, sino para muchas personas inocentes.

A pesar de ello, se acordó de su voluptuosa figura y de sus grandes senos, que amenazaban con salirse del escote y destrozar todo asomo de recato. ¿Cómo no se iba a acordar, si habría dado cualquier cosa por besar sus grandes y rojizos labios?

Aquella mujer era como un rayo de sol tras un largo y oscuro invierno.

–¿Majestad? ¿Qué hago entonces? –preguntó el visir–. ¿Devuelvo a la señorita Farraday a su país?

Omar miró a Khalid y dijo:

–No. Que se quede otra noche.

Capítulo 2

A LA MAÑANA siguiente, Beth se puso el macuto a la espalda y echó un último vistazo a la suite del hotel. Con su chimenea, sus balcones de hierro forjado y su cama con dosel, parecía el palacio de una princesa. Además, el cuarto de baño era más grande que su apartamento. Y, por si eso fuera poco, la luz del sol le daba un aspecto casi mágico.

Naturalmente, había sacado un montón de fotografías para enseñárselas a sus amigas de la tienda; pero, por mucho que lamentara marcharse de París, se sentía aliviada ante la perspectiva de volver a casa. No pertenecía a ese lugar. Su vida estaba en un barrio de Houston, cerca de la universidad que había abandonado cuando Wyatt le partió el corazón.

Desde entonces, su antiguo trabajo a tiempo parcial se había convertido en un empleo a tiempo completo, aunque cobraba tan poco que tenía que ir a la tienda en bicicleta porque el transporte público era prácticamente inexistente y no se podía permitir el lujo de comprarse un coche.

Esa era la vida que conocía. No tenía nada que ver con la de las diecinueve mujeres con las que había coincidido en la mansión. Era la vida de una trabajadora normal y corriente, sin muchas más pertenencias que la sudadera y los vaqueros que llevaba puestos. Pero aquella mañana tenía algo más: el vestido rojo, que los empleados del jeque le habían regalado.

Beth respiró hondo y pensó que no olvidaría nunca su aventura parisina; entre otras cosas, porque estaba segura de que no volvería a vivir nada parecido. Hasta había hablado con un rey.

Al recordar lo sucedido en el jardín, se estremeció. ¿Cómo iba a saber que aquel desconocido era el mismísimo Omar? La noche anterior estaba tan avergonzada que, cuando volvió al hotel, pensó que no podría dormir en toda la noche; pero había dormido como un bebé, envuelta en las sábanas más suaves que había tocado nunca.

Sí, iba a echar de menos el lujo de aquel lugar. La ducha era digna de un palacio, como había comprobado esa misma mañana; y el concepto de desayuno que tenía el servicio de habitaciones era un festín de *tartines* con mantequilla y mermelada, croissants tan finos que se deshacían en la boca, zumo de naranjas recién exprimidas y un café sencillamente delicioso.

Pero su tiempo como princesa tocaba a su fin. O eso creía ella, porque ni siquiera se había tomado la molestia de leer el mensaje que le habían enviado. ¿Para qué, si estaba segura de que no había pasado la criba?

En cualquier instante, uno de los empleados del hotel llamaría a la puerta y la acompañaría al minibús que la llevaría al aeropuerto con las otras candidatas rechazadas. No podía ser de otra manera. No contenta con no haber reconocido al rey, había criticado a una famosa estrella de cine y, acto seguido, había censurado al propio rey en su propia cara.

Beth se estremeció de nuevo al recordar lo estúpida que se había sentido cuando le llegó el turno de hablar con el hombre que las estaba entrevistando. Creía que era el rey, y se llevó una sorpresa cuando le dijo que solo era el visir.

–¿El visir? –preguntó ella–. ¿Y dónde está el rey?

–Su Majestad está ocupado.

Beth supo la verdad en ese preciso momento. «Su Majestad» era la persona con la que había estado charlando. ¿Cómo era posible que no se hubiera dado cuenta? Ningún empleado podía ausentarse del salón por simple capricho. Ningún empleado podía vagar por la mansión a su antojo. Ningún empleado habría llevado un traje tan caro como el suyo.

Justo entonces, notó que alguien la estaba mirando y, cuando giró la cabeza, vio al impresionante desconocido del jardín, que la observaba desde las sombras.

Beth se enfadó al instante. En lugar de decirle quién era, había permitido que siguiera hablando e hiciera el más espantoso de los ridículos. Se había reído de ella, o eso le pareció. Y le lanzó una mirada de ira de la que se arrepintió al cabo de unos segundos, cuando el visir puso fin a la entrevista. Pero el rey ya había desaparecido.

Mientras lo recordaba, llamaron a la puerta. Beth respiró hondo, se ajustó el macuto y abrió.

–Buenos días.

Beth se quedó boquiabierta al ver al hombre que entró en la suite sin pedir permiso. Era el rey Omar. En persona.

–Vaya, veo que ya sabe quién soy –continuó él.

Ella tragó saliva, completamente desconcertada. ¿Por qué había ido a buscarla, en lugar de enviar a uno de sus empleados? ¿Habría descubierto que no era Edith?

–¿Qué está haciendo aquí? –se atrevió a preguntar.

–Tengo buenas noticias y malas noticias –dijo Omar con un trasfondo de humor–. Las buenas son que viene conmigo.

–¿Y las malas?

–Que los periodistas se han enterado de lo que pasa y han rodeado el hotel. He venido a acompañarlas a usted y al resto de las señoritas. Saldremos por la puerta de atrás.

–Ah…

Omar llamó al empleado que lo acompañaba y dijo:

–Saad se encargará de su equipaje.

–Esto es todo lo que tengo –replicó ella, señalando el pequeño macuto–. Bueno, esto y la ropa que llevo puesta.

Omar arqueó una ceja.

–Pues tendremos que comprarle más.

Beth sacudió la cabeza, confundida.

–No, no es necesario.

–¿Ah, no? –preguntó él, mirando su sudadera y sus vaqueros.

Beth deseó haber llevado algo más bonito, y se preguntó por qué le preocupaba su opinión. Aunque fuera cierto que su conversación en el oscuro y romántico jardín parisino la había hecho sentir como si estuviera en un sueño, también lo era que Omar se había burlado de ella por el procedimiento de no confesarle su identidad.

—No entiendo nada —dijo, cambiando de tema—. ¿Solo está aquí para llevarme al aeropuerto? ¿Esa es la buena noticia?

—No la voy a llevar al aeropuerto, sino a la mansión.

Beth frunció el ceño.

—¿Nos va a llevar de vuelta a las veinte?

—No, solo a las diez que pasaron la criba. Se quedarán una noche más.

Ella lo miró con angustia.

—¿Insinúa que estoy entre las elegidas?

—Pensaba que se alegraría.

—Sí, bueno, es que… ¿seguro que no es un error?

Omar ladeó la cabeza y la miró con detenimiento.

—No se parece nada a las demás, ¿sabe?

—¿No? —dijo ella, súbitamente estremecida.

—No —insistió él, mirándola con intensidad—. ¿Nos vamos?

Beth quiso rechazar su oferta. Al fin y al cabo, ya había conseguido el dinero para su hermana. Pero, en lugar de rechazarla, contestó:

—Por supuesto.

Él sonrió.

—Sígame, doctora Farraday.

Beth lo siguió, sintiéndose más abochornada que nunca. ¿Cómo se atrevía a enfadarse con él por no haberle dicho quién era cuando ella ni siquiera era quien decía ser? ¿Qué pasaría cuando descubriera la verdad?

Las cosas se estaban complicando demasiado. Pero

otro día en París significaba otro millón para la investigación de Edith. Y solo tenía que fingir veinticuatro horas más.

Al salir del hotel, estaba tan preocupada que ni siquiera se fijó en la horda de periodistas que los acribillaron a preguntas mientras los guardaespaldas intentaban contenerlos. Además, la presencia del poderoso y sexy Omar, que la atraía y asustaba al mismo tiempo, resultaba tan abrumadora como su sorprendente decisión de invitarla a quedarse.

Era la primera vez en su vida que la elegían para algo importante. El rey no pensaba que fuera vulgar. Decía que no se parecía a las demás, que era distinta, especial.

Durante unos minutos, Beth fue la mujer más feliz del mundo. Hasta que se acordó de que no la estaba eligiendo a ella, sino a su hermana.

–¿Ha ido a recoger a la señorita Farraday? ¿En persona? –preguntó Khalid, horrorizado.

–No he tenido elección. No contestaba al teléfono.

Omar, que estaba junto a uno de los balcones de su residencia parisina, miró a los paparazis que se apretujaban tras la alta verja de hierro forjado. Evidentemente, alguien había filtrado a la prensa lo del mercado de novias. Pero… ¿quién? ¿Una de las diez candidatas rechazadas? ¿O una de las diez elegidas?

Fuera quien fuera, los medios de comunicación no habían desaprovechado la jugosa historia de un rey de Oriente Medio que reunía a mujeres de todo el mundo para elegir a una reina. Estaba en todas las portadas.

Y, al pensarlo, Omar se acordó de lo que había dicho la mujer que ocupaba sus pensamientos: que su idea estaba al borde del *reality show*.

Una vez más, se preguntó si había hecho lo correcto al elegirla. Hasta ella se había llevado una sorpresa cuando se presentó en la suite del hotel. Pero ¿cómo no la iba a elegir, si era la única que le gustaba, la única que le hacía sentirse vivo? Además, tampoco tenía tanta importancia. Solo era atracción física. No estaba enamorado de ella.

Sí, la deseaba. Y, por si eso fuera poco, había algo misterioso en ella. Su expresión, generalmente sincera, cambiaba a veces de forma extraña y se volvía cautelosa.

Era como si ocultara algún secreto. Pero… ¿cuál?

Omar estaba decidido a descubrirlo ese mismo día. Y a enviarla a su casa al día siguiente.

–No debería haber ido a buscarla. No es apropiado –insistió el visir–. Si lo ha hecho con una, tendría que haberlo hecho con todas las demás. Ahora pensarán que es su favorita.

–Y estarán en lo cierto –replicó Omar.

Khalid se quedó atónito.

–Pero si no es tan bella ni elegante como…

–Si vuelve a mencionar a Laila al Abayyi, lo enviaré de vuelta a Samarqara –le amenazó Omar.

El visir guardó silencio durante un par de segundos, pero solo para volver a la carga.

–La señorita Farraday no tiene tanto don de gentes como las demás. Puede que pase demasiado tiempo en su laboratorio, pero me pareció demasiado tosca y sincera cuando la entrevisté. El Consejo no aprobaría su evidente falta de diplomacia.

Omar se encogió de hombros, pensando que Khalid tenía razón. Se lo había demostrado ella misma al censurarlo en el jardín, cuando aún no sabía que era el rey.

—Me divierte. Eso es todo.

—Ah —dijo el visir, aliviado.

—He ido a recogerla porque era urgente —mintió—. Pero no la he acompañado a su habitación cuando hemos llegado.

Omar pasó por alto el detalle de que había viajado a solas con ella, metiendo a las nueve candidatas restantes en otra limusina. Y había sido tan consciente de su cuerpo durante el trayecto a la mansión que había tenido que echar mano de toda su fuerza de voluntad para no abalanzarse sobre ella, tumbarla en el asiento y acariciar sus lujuriosas curvas.

—Comprendo que tiene derecho a divertirse un poco, Majestad —continuó el visir—. Pero le ruego que tome una decisión razonable. Traer a esas mujeres a París ha costado mucho.

—Mucho dinero —dijo Omar con frialdad—. Me he enterado de que les paga un millón por día.

—¿Y le disgusta? —preguntó Khalid, que sacudió la cabeza—. Es un hombre inmensamente rico. Ni lo notará.

—Cierto, pero esa no es la cuestión.

—¿Ah, no? Sabe perfectamente que pagar a las candidatas forma parte de la tradición, con la única diferencia de que ahora les pagamos a ellas y no a sus padres. Yo diría que es un avance.

—Lo es. Pero de todas formas…

—¿De todas formas?

–No recuerdo haberle dado permiso para que les pagara nada.

–No, solo me dio permiso para que me encargara de todo –le recordó Khalid–. Y añadió que no quería que le molestara con los detalles.

Omar frunció el ceño. Una vez más, su amigo y visir tenía razón.

–¿Es que está insatisfecho con el resultado? –prosiguió–. Todas las mujeres son bellas y brillantes, tal como quería.

–Sí, eso es verdad –se vio obligado a decir Omar–. Aunque no estoy seguro de que alguna de ellas quiera renunciar a su brillante carrera para convertirse en reina de Samarqara.

–¿Y por qué no iban a querer? –preguntó Khalid con indignación–. Ser reina de nuestro país es el mayor honor que nadie pueda imaginarse.

Omar dudó. Él habría dicho lo mismo en otro momento, pero ya no lo tenía tan claro.

El fallecimiento de su padre lo había forzado a dejar la universidad a los veintiún años y asumir el trono. Sin embargo, no le pilló desprevenido, porque sabía que estaba condenado a ello desde la muerte de su hermano mayor. Y como era el único heredero de su familia, no tuvo más alternativa que anteponer las necesidades de Samarqara a las suyas.

Cualquier hombre de honor habría hecho lo mismo.

Pero un rey necesitaba una reina. Y Omar, que no quería saber nada de casarse desde la trágica muerte de Ferida, cambió de opinión durante una visita a Nueva York de carácter diplomático.

Un día, mientras caminaba por la Quinta Avenida,

vio a una pareja de ancianos que iban de la mano. No parecían ni ricos ni especiales en ningún sentido, pero se miraban con verdadera devoción, y a él se le hizo un nudo en la garganta.

¿Cómo era posible que se quisieran tanto? La experiencia de sus padres, cuyo matrimonio había sido un desastre, le había inducido a desconfiar del amor; y la muerte de Ferida había hecho el resto. Pero, al llegar a casa, llamó a Khalid y le ordenó que organizara el mercado de novias.

Tenía que solucionar el asunto de su matrimonio, y tan deprisa como fuera posible. No se podía arriesgar a enamorarse otra vez. Necesitaba una mujer que antepusiera las necesidades de los demás a las suyas, al igual que él; alguien para quien no fuera una carga, sino un honor.

–Solo hay una candidata que cumpla esa condición –dijo el visir–. No tiene más carrera que la de ser el orgullo de su pueblo y su familia. Además, habla nuestro idioma, conoce nuestras costumbres…

Omar lo interrumpió en seco, consciente de que se refería a Laila.

–Traiga a las diez candidatas ahora mismo –bramó.

El visir frunció el ceño, pero inclinó la cabeza y abrió la puerta que daba al comedor principal, donde estaban las diez mujeres.

Khalid había tenido la idea de que paseara con ellas por las calles de París y le dedicara unos minutos a cada una; pero la presencia de los paparazis lo impedía, así que habían optado por una sucesión de entrevistas que, en principio, le llevaría el resto de la tarde y parte de la noche.

Omar iba a hablar con ocho de ellas por primera vez, porque a Laila ya la conocía. Y, aunque su interés personal se limitara a una, no tenía más remedio que sopesar sus virtudes y elegir a las cinco que lo acompañarían al día siguiente a Samarqara, donde conocerían a los miembros del Consejo y se prepararían para el mercado de novias propiamente dicho.

Mientras las miraba, pensó que nueve de las diez parecían fotocopias de la misma mujer. Las había rubias y morenas, pero las nueve eran esbeltas, bellas y elegantes en el sentido más clásico del término. Y luego estaba la décima, la única diferente, la única que le gustaba de verdad.

Por desgracia, Khalid tenía razón. No poseía las habilidades necesarias para ser una buena reina. Incluso descontando su evidente falta de tacto, era prácticamente imposible que renunciara a su investigación para casarse con él. Edith Farraday estaba obsesionada con su trabajo.

—Bienvenidas —empezó el visir—. Por favor, disfruten de la comida y la bebida que les han preparado hasta que las llamemos. Su Majestad las saludará brevemente a cada una y, a continuación, les concederá una audiencia personal.

Omar se sentó a la mesa que estaba en el extremo opuesto. Khalid se puso a su lado y, segundos después, llamó a la primera.

—La señorita Sia Lane.

La preciosa rubia cruzó el salón, hizo una pequeña reverencia y se sentó junto a Omar después de que él la invitara a ello.

–La señorita Lane es una actriz muy conocida de Los Ángeles –continuó el visir.

–Encantada de conocerlo, Majestad.

–Lo mismo digo.

A Omar no le extrañó que Khalid la llamara en primer lugar. Era verdaderamente bella y, sobre el papel, sería una reina excelente para cualquier Casa Real. Además, el hecho de que fuera actriz no suponía ningún problema con antecedentes como el de Grace Kelly.

Pero, cuando le estrechó la mano, Omar no sintió nada de nada. Nada salvo frialdad.

–Gracias por haber venido –dijo él.

–Es un placer.

La rubia parpadeó de forma coqueta, y Omar se acordó de lo que había dicho su favorita: que Sia Lane era el tipo de persona que se liaría a patadas con un perro, salvo que dicho perro fuera útil para su carrera profesional.

Sin embargo, habló con ella durante unos minutos y, a continuación, le hizo un gesto para que se marchara, lo cual pareció sorprenderla. Por lo visto, esperaba que la proclamaran reina allí mismo.

Khalid llamó entonces a la siguiente candidata, la doctora Bere Akinwande. Y, tras la conversación posterior, Omar pensó que sería una buena reina. Hablaba seis idiomas, había sido candidata al premio Nobel y hablaba de su trabajo con tanto entusiasmo como sinceridad, sin coquetear en ningún momento. Pero tampoco sintió nada cuando la tocó.

–Laila al Abayyi –anunció después el visir.

Omar respiró hondo al ver a la joven y hermosa

aristócrata. Tenía los mismos ojos negros y la misma melena oscura que su difunta hermanastra, Ferida. Era un calco de la mujer con quien se había querido casar antes de que todo terminara en un baño de sangre.

—Adiós —dijo él.

—¿Adiós? —repitió ella, atónita.

—Puede volver a sus habitaciones. No hablaré con usted.

—¿Cómo? —dijo Laila, sin salir de su asombro.

—Le agradezco que intercediera ante su padre, pero es mejor que se marche. No es una candidata admisible.

Laila palideció y, tras lanzar una mirada triste al visir, se fue.

—¿Cómo ha podido tratarla tan mal? —protestó Khalid en voz baja—. Ha estado francamente grosero.

—No debería estar aquí —replicó Omar, enfadado—. ¿Cómo quiere que se lo diga? No me casaré con ella.

El visir entrecerró los ojos, pero asintió y llamó a la siguiente.

Omar habló con la empresaria alemana, la gimnasta brasileña, la senadora de California y el resto de las mujeres, hasta que solo quedó la supuesta doctora Farraday. La mayoría había ido a París porque el dinero que ofrecían era útil para sus carreras, aunque otras estaban dispuestas a abandonar su profesión a cambio de una fantasía de cuento de hadas que no tenía nada que ver con la realidad.

Y Omar no supo qué era peor.

Pero por fin había llegado el momento que tanto deseaba. La guinda del pastel. La deliciosa crema que estaba para chuparse los dedos.

–Y, por último, Majestad, la doctora Edith Farraday –dijo Khalid.

Omar se quedó sorprendido al ver que se estremecía ligeramente al oír su nombre. ¿Por qué reaccionaba así? ¿No quería hablar con él? ¿Sería posible que fuera la única de las presentes que no lo encontraba atractivo?

No, eso no tenía ningún sentido. Las mujeres caían rendidas a sus pies. Era el rey de Samarqara, un hombre inmensamente rico y poderoso.

Pero, por otra parte, cabía la posibilidad de que ella fuera la excepción a la norma, una de esas extrañas personas que no se sentían atraídas por el dinero y el poder. Incluso era posible que tuviera novio, un hombre corriente, pero absolutamente satisfactorio que le daba masajes o le preparaba la cena mientras ella trabajaba.

–Hola de nuevo –dijo ella, claramente incómoda.

Omar miró su ropa. Eran los mismos vaqueros y la misma sudadera que llevaba cuando fue a recogerla al hotel.

–¿No ha visto los vestidos que dejamos en su habitación? ¿O es que no le gustan? –le preguntó.

–Oh, los vestidos son preciosos…

–Pero no se ha puesto ninguno.

–Porque no me ha parecido necesario. A fin de cuentas, solo voy a estar un día más.

–Un día y una noche –puntualizó él.

Ella apartó la mirada.

–Sí, supongo que sí. Pero he pensado que, si me los probaba, no los podrían devolver a la tienda.

Omar la miró con incredulidad.

–¿Le preocupa que no los podamos devolver?

–Quizá le parezca una tontería, pero no me gusta aprovecharme de los demás.

–No se está aprovechando de nadie –dijo Omar, frunciendo el ceño–. Es invitada mía. Quiero que esté cómoda.

–Y lo estoy –replicó ella, intentando sonreír.

–Cualquiera diría que arde en deseos de volver a Houston. ¿Por qué? ¿Es que tiene novio o algo así?

Ella parpadeó, perpleja.

–¿Novio? ¿Yo? No, claro que no.

–¿Es por su trabajo? ¿Lo echa tanto de menos?

–¿Mi trabajo? Ah, sí, claro –respondió apresuradamente–. Y es una pena, porque me marcharé sin haber tenido ocasión de ver más cosas de París… Me han dicho que no podemos salir de la mansión.

–Me temo que no. Estamos rodeados de periodistas.

Ella sacudió la cabeza.

–Con las ganas que tenía de subir a la Torre Eiffel y de visitar el Louvre. Pero qué se le va a hacer.

–¿El Louvre? ¿Le gusta el arte?

–Bueno, quería ver *la Gioconda*.

–¿No la ha visto nunca? –preguntó, extrañado.

Omar no se podía creer que no hubiera estado antes en París. El resto de las candidatas había estado muchas veces, e incluso había algunas, como Laila al Abayyi, que tenían casa en la ciudad.

En su desconcierto, dedujo que no salía nunca del laboratorio. Aparentemente, estaba dedicada en cuerpo y alma a su trabajo. Y Omar pensó que no era mala virtud para una reina, pero desestimó la idea porque la parte de él que lo pensó era la parte que la quería en la cama.

Sin embargo, no podía negar que la deseaba. Tenía una belleza natural que su sudadera, sus vaqueros y su completa falta de maquillaje acentuaban. Además, estaba acostumbrado a que las mujeres intentaran captar su atención, y aquella no hacía ningún esfuerzo en tal sentido. De hecho, solo se había fijado en ella por el vestido rojo que se había puesto el día anterior.

Fuera como fuera, no hizo ademán de sentarse a su lado, así que Omar se levantó y dijo:

–Gracias por haber venido a París, señorita Farraday.

–Gracias a usted por los dos millones para la investigación del cáncer –replicó ella, sonriendo.

–Espero que me hable algún día de su investigación.

Ella dejó de sonreír, y a él le pareció de lo más extraño. ¿Por qué reaccionaba así cuando mencionaba su trabajo?

–Sí, bueno… no me gusta hablar de eso –replicó, nerviosa–. La gente se suele aburrir con los detalles.

–Pero yo no soy como los demás. Aunque no me dedique a la ciencia, me mantengo al día sobre los avances con la leucemia.

–¿Y eso? ¿Por qué?

–Se lo diré en otro momento, cuando hablemos de su investigación. A decir verdad, estoy sopesando la posibilidad de hacerles una donación a través de una de las organizaciones benéficas de mi país.

Omar creyó que la donación despertaría su interés de inmediato. ¿Qué mejor cebo podía haber para una investigadora? Pero, asombrosamente, no picó.

–¿Por qué insiste en que me quede en París? –preguntó en voz baja, para que nadie más la oyera–. ¿Quiere que le dé mi opinión sobre sus potenciales novias? ¿O es que le parezco cómica?

–Puede que disfrute con su compañía –contestó Omar–. Me divertí mucho en el jardín.

–¿Por qué no me dijo que era…? Bueno, no importa. Olvídelo.

–Claro que importa. Y está en lo cierto, porque tendría que habérselo dicho –declaró Omar–. Pero me dejó sorprendido. No estoy acostumbrado a que la gente no me reconozca.

–Es curioso, porque a mí me ocurre lo contrario. A veces tengo la sensación de que soy invisible –comentó ella con tristeza–. ¿Por qué quiere que me quede?

Omar se preguntó cómo era posible que una mujer tan sexy no fuera consciente de su belleza ni de sus múltiples encantos personales. Sobre todo, porque a él le encantaba. Incluso entonces, delante del visir y de las otras mujeres, no podía pensar en otra cosa.

–Quiero que se quede porque siento curiosidad.

–¿Curiosidad? ¿Sobre qué?

–Sobre usted, claro.

La respuesta de Omar fue absolutamente sincera. Pero, por mucha curiosidad que sintiera, no la podía tener. Su trabajo era lo único que le importaba y, si la forzaba a abandonarlo, sería la peor y más infeliz de las reinas.

–¿Majestad? –intervino entonces el visir, que se acercó a la mesa–. Ha llegado el momento de las audiencias personales.

Omar asintió, se giró hacia ella y dijo:

–Hasta luego.

Ella sonrió.

–Hasta luego. Y buena suerte.

A Omar le pareció un comentario asombroso. ¿Le estaba deseando suerte con las otras mujeres?

–Es usted todo un enigma, señorita Farraday.

Ella no dijo nada. Se limitó a estrecharle la mano. Y esa vez, Omar sintió una descarga de placer.

Pero ¿por qué sentía eso? ¿Por qué reaccionaba de esa manera ante la única de las candidatas con la que no se podía casar, excepción hecha de Laila? ¿Por qué con ella, precisamente?

El universo tenía un extraño sentido del humor.

O, más que extraño, vengativo.

Beth esperó toda la tarde en su suite, pero el rey no llegaba. Comió, leyó libros, se paseó de un lado a otro y se probó uno de los vestidos que le habían enviado, pero el rey seguía sin llegar. Y a las diez de la noche, llegó a la conclusión de que alguna de sus audiencias personales habría ido bien y de que ya había elegido novia.

Teóricamente, era lo mejor que podía pasar, así que intentó sentirse aliviada. Se había metido en un lío al hacerse pasar por Edith, y le horrorizaba la posibilidad de que Omar lo descubriera; sobre todo, sabiendo como sabía ahora que estaba muy interesado en los avances sobre la leucemia.

Si la arrastraba a una conversación científica, se daría cuenta de que era una impostora. Había hecho lo posible por memorizar la jerga profesional de su hermana, pero no se le daba bien. Edith siempre había sido la sabia de la familia. Lo era desde niña y, como Beth sabía que nunca estaría a su altura, renunció a ello.

Además, ¿qué importancia podía tener? Si Edith destacaba en el mundo académico, ella destacaría en otro sector. Pero, a sus veintiséis años de edad, seguía sin saber qué sector era ese. De hecho, empezaba a pensar que no llegaría a ser nadie.

Una vez más, intentó alegrarse de que Omar se hubiera olvidado de ella. Si todo terminaba así, volvería a casa con dos millones en el bolsillo y dejaría de sentirse culpable por haberlo engañado.

Sin embargo, le preocupaba la posibilidad de que eligiera una novia tan inadecuada como Sia Lane. Por algún motivo, se creía obligada a proteger a Omar, lo cual era del todo ridículo. ¿Proteger ella a un hombre tan poderoso como él? Pero quizá no fuera tan absurdo, porque tenía un fondo tierno y atormentado bajo su fachada de arrogancia y fiereza.

Beth no sabía por qué, aunque sospechaba que le había pasado algo terrible. Y, desde luego, estaba convencida de que no se merecía acabar con una mujer tan insensible como la estrella cinematográfica.

Nerviosa, retomó sus idas y venidas por la suite, aún más lujosa y elegante que la del hotel de la avenida Montaigne. Si hubiera estado en su mano, se habría asegurado de que Omar se casara con alguien que le pudiera amar, alguien como Laila al Abayyi. Al menos, habría podido volver a Houston con la conciencia tranquila.

Momentos después, se detuvo delante de un espejo

de cuerpo entero. Aún llevaba el vestido de seda que se había probado, una maravilla de color zafiro. Por desgracia, el estilo recto de la moda al uso no estaba pensado para mujeres con tantas curvas como ella, y le quedaba demasiado prieto; pero, a pesar de ello, se gustó.

Por primera vez desde que su novio la había abandonado para marcharse con alguien más interesante, Beth se había maquillado. Sus ojos brillaban más en contraposición con el rímel, y el carmín rojo realzaba sus ya grandes labios. Hasta su pelo tenía mejor aspecto.

Y justo entonces, alguien llamó a la puerta.

Beth respiró hondo y cruzó la sala sobre los altos tacones de aguja de sus zapatos, que la forzaban a echar las caderas hacia delante. Pero no llegó a abrir, porque Omar se le adelantó y se plantó ante ella con una de sus regias túnicas, que le hacían asombrosamente sexy.

–¿Cómo se atreve a entrar así? –preguntó, roja de ira–. ¡Podría haber estado desnuda!

Él entrecerró los ojos. Estaba a varios metros de distancia y, sin embargo, Beth sintió su calor como si la estuviera tocando.

–Tiene razón –replicó Omar, mirándola de arriba abajo–. No me puedo creer que esté tan…

–¿Ridícula? –lo interrumpió ella.

–No. Tan bella.

Beth se quedó asombrada.

–¿Lo dice en serio?

–Completamente. Es la tentación personificada.

Omar se acercó y le acarició la cara, borrando en

ella cualquier asomo de pensamiento racional. La descarga de placer fue tan intensa que casi se le doblaron las rodillas.

Al cabo de unos segundos, él dio media vuelta, abrió el enorme armario y, tras sacar un abrigo de piel sintética, se lo puso por encima de los hombros, caballerosamente.

–¿Vamos a alguna parte? –preguntó Beth, aún embriagada por su cercanía.

Omar asintió en silencio.

–Pensé que concedía las audiencias aquí, en la mansión…

–Y pensó bien, pero usted es mi última cita, y me apetece salir –dijo, extendiendo una mano hacia ella–. ¿Nos vamos?

Beth lo tomó del brazo con nerviosismo y tragó saliva. El corazón se le había desbocado.

–¿Adónde me lleva?

Omar la volvió a mirar de arriba abajo antes de responder, con una sonrisa sensual:

–Ya lo verá.

Capítulo 3

PARA Omar, había sido un día muy largo. Lo había disfrutado menos de lo que se imaginaba y, por si eso fuera poco, el mercado de novias lo había obligado a suspender sus compromisos políticos y diplomáticos, con las complicaciones derivadas de ello.

Los asuntos de Estado llevaban más tiempo del que tenía. Cuando no estaba negociando un tratado, estaba en busca de nuevas alianzas económicas o intentando poner paz entre las facciones rivales de la aristocracia de Samarqara. Era un trabajo sin descanso ni vacaciones. Omar se debía a su país, y no lo podía poner en peligro por estar de fiesta o tumbado en una playa.

Además, se había jurado que no repetiría los errores de su padre, quien no contento con permitir que el país se hundiera en la pobreza, había delegado sus responsabilidades en oligarcas como Hassan al Abayyi mientras disfrutaba de los favores de sus múltiples amantes. Sin embargo, la debilidad de su padre no había sido tan mala como la fortaleza de su abuelo.

Omar no lo supo hasta que la muerte de Ferida le abrió los ojos. Sí, su abuelo había sido un hombre fuerte, que había eliminado a sus enemigos de forma implacable para mantenerse en el poder y poner fin a la guerra civil, pero a un precio demasiado alto. Destruía todo lo que tocaba.

Ahora sabía que el secreto de ser un buen gobernante consistía en encontrar un equilibrio entre la fuerza y la compasión. Por desgracia, la búsqueda de ese equilibrio lo obligaba a caminar constantemente por una especie de cuerda floja, sin descanso posible. Estaba condenado a sacrificarse por los demás, incluso en lo tocante al matrimonio.

Pero su reina también tendría que sacrificarse, y era esencial que lo comprendiera. El brillo y el glamour de la corona y los palacios no ocultaban el hecho de que, en el fondo, sería tan esclava de sus obligaciones como él. A fin de cuentas, su trabajo consistía en servir al pueblo de Samarqara.

Al principio, Omar había dado por sentado que todas las candidatas serían conscientes de ese detalle, aunque solo fuera de forma intuitiva. Pero, tras entrevistarse con ellas, había llegado a la conclusión de que solo había tres que lo entendieran de verdad: Edith Farraday, Bere Akinwande y, lamentablemente, Laila al Abayyi.

Y, de las tres, solo había una que le gustara. La única que no podía tener.

Era tan desesperante que, al final del día, sintió la tentación de cancelar el mercado de novias y retrasar su matrimonio unos años más; pero no era posible, porque la prensa se había enterado y lo había convertido en la noticia del siglo. Si lo cancelaba ahora, lo presentarían como un fracaso en toda regla y sería el hazmerreír del mundo entero.

Ya no había marcha atrás. Debía tomar una decisión, someterla al dictamen del Consejo y cruzar los dedos para que la elegida se ganara el aprecio y la admiración de la gente.

Pero antes, podía disfrutar un poco.

Omar se giró hacia la mujer que estaba sentada a su lado, en el asiento trasero de su lujoso vehículo. La destreza del chófer había permitido que dieran esquinazo a los paparazis y que pudieran ir al Louvre, donde ella había cumplido su sueño de ver *la Gioconda*.

Tras pasar varias horas en el museo, volvieron al coche. Se había hecho muy tarde, y la oscuridad creaba un ambiente particularmente íntimo en el interior del habitáculo, aunque Omar no supo si alegrarse de ello o lamentarlo. Era increíblemente sexy. Su pelo olía a vainilla y a fresas, y el vestido de color zafiro enfatizaba sus deliciosos y grandes senos.

Para empeorar las cosas, el chófer había cerrado la ventanilla de separación y, como parecían estar solos en el mundo, tuvo que echar mano de toda su fuerza de voluntad para no abalanzarse sobre ella y asaltar sus labios.

—¿Adónde vamos ahora? ¿A la mansión?

Él sonrió.

—¿No quería ver la Torre Eiffel?

—¿Se acuerda de eso? —preguntó sorprendida.

—¿Cómo lo iba a olvidar?

Ella bajó la vista, incómoda.

—No estoy acostumbrada a que los hombres me presten atención —le confesó.

Omar admiró las pecas de su nariz y dijo:

–Pasa demasiado tiempo en el laboratorio.

–Sí, es posible –replicó ella–. Pero tutéeme, por favor... El usted es demasiado formal.

–Como quieras, Edith.

–Beth.

Omar frunció el ceño.

–¿Cómo?

–Mis amigos me llaman Beth.

–¿Beth?

–Sí, es una especie de apodo.

Omar notó algo extraño en su tono de voz, pero lo pasó por alto y asintió.

–Está bien. Te llamaré Beth.

Ella ladeó la cabeza, aliviada.

–¿Y yo? ¿Puedo llamarte Omar?

Él entrecerró los ojos. Todo el mundo sabía que nadie lo podía llamar por su nombre sin permiso expreso, y le extrañó que se lo pidiera. Pero, al ver su sonrisa irónica, se dio cuenta de que estaba bromeando. Evidentemente, esperaba una respuesta negativa. Y Omar decidió sorprenderla.

–Por supuesto que sí.

Ella se quedó boquiabierta.

–¡No lo decía en serio!

–Lo sé.

–Pero, Majestad…

–Me llamarás Omar a partir de ahora –la interrumpió, clavando la mirada en su boca–. Venga, di mi nombre. Quiero oírtelo decir.

–No, Majestad…

–Omar –insistió él.

Ella respiró hondo y dijo, a regañadientes:

–Omar.

Su forma de pronunciarlo lo dejó sin aliento. ¿Cómo era posible? Solo habían sido dos sílabas, las de su propio nombre. Y, sin embargo, le habían causado una descarga de placer tan intensa que apenas se podía controlar.

¿Qué le estaba pasando? Nunca había sentido algo así.

Preocupado, sopesó la posibilidad de pedirle al chófer que los llevara de vuelta a su residencia particular para subirla después a un avión y enviarla a su país. No se podía permitir el lujo de desearla. Estaba demasiado comprometida con su trabajo. Era demasiado franca, demasiado directa, demasiado cálida, sensual, divertida. No podía ser su reina.

¿O sí?

–¿Puedo hacerte una pregunta? –continuó ella–. Si te parece atrevida, no hace falta que contestes.

–Adelante.

–¿Por qué has organizado un mercado de novias? Eres rico, poderoso, encantador y atractivo. Si alguien como tú tiene problemas para encontrar pareja, ¿qué podemos esperar los demás?

–No tenía problemas en ese sentido –dijo él–. Sencillamente, quise honrar las tradiciones de mi país con una forma eficaz de elegir reina.

–¿Eficaz? ¡Te has gastado un montón de millones!

–El dinero no me importa tanto como la necesidad de encontrar rápidamente a la mujer adecuada.

–¿Por qué no te casas con alguna joven de Samarqara?

Omar pensó que se estaba refiriendo a Laila, y respondió:

–Mi abuelo hizo precisamente eso. Y, al convertir en reina a la hija de una de las familias más importantes, se ganó la enemistad del resto de los aristócratas, que provocaron una guerra civil. Murió medio millón de personas, incluida toda la familia de mi abuela y casi toda la mía. Mi padre solo se salvó porque tenía ocho años y estaba en un internado de Suiza.

Beth se quedó pálida.

–Lo siento. No lo sabía.

Omar sonrió.

–Lo sé. Es una de las cosas que más me gustan de ti.

–¿Mi ignorancia?

–No, tu devoción al trabajo, que te impide enterarte de nada más –contestó él–. Mi hermano mayor murió de leucemia cuando yo era un niño.

–Oh, vaya…

–Por eso me interesa tanto lo que haces –dijo Omar, que extendió un brazo y le acarició el pelo–. Te admiro, Beth. Mucho.

Los ojos de Beth brillaron, y él deseó acariciarle la mejilla, pasarle un dedo por sus grandes labios y besarla apasionadamente, metiendo las manos por debajo de su abrigo para saciarse con sus lascivas curvas.

El vehículo se detuvo entonces. Habían llegado a la Torre Eiffel, que brillaba sobre la vegetación primaveral y las sombras nocturnas del Campo de Marte cuando el chófer y el guardaespaldas se bajaron para abrir la portezuela.

Omar salió del coche y esperó a Beth, a quien ofreció la mano.

—¿Por qué has esperado tanto para casarte? —se interesó ella en voz baja.

A Omar se le encogió el corazón, pero apartó sus malos recuerdos y dijo:

—Porque así lo he querido.

—Eso no es una respuesta.

—Yo diría que sí —replicó él, pensando que Beth era maravillosamente directa—. Pero estoy en desventaja contigo. Quisiste saber por qué había organizado el mercado de novias, y te dije la verdad. ¿Por qué viniste tú a París?

Ella apartó la mirada.

—Lo sabes de sobra. Por dinero y porque quería ver la ciudad.

Omar se sintió decepcionado al oír la misma respuesta que le había dado la primera vez. Tenía la sensación de que no estaba allí por eso, y esperaba que fuera sincera con él.

Pero ¿qué esperaba oír concretamente? ¿Que, cansada de sus obligaciones, había cruzado el Atlántico en busca del amor verdadero? ¿Que había optado por confiar en el destino y permitir que la llevara donde quisiera, dispuesta a aceptar su decisión?

No le pareció posible. Era una científica, y los científicos no creían en el destino o, por lo menos, no como él, quien había visto tantas coincidencias extrañas a lo largo de su vida que lo tenía en cuenta constantemente.

¿No era acaso el destino quien lo había convertido en rey cuando su hermano mayor murió de forma inesperada? ¿No era acaso el destino quien lo había empujado a elegir por novia a una mujer que estaba enamorada en secreto de otro, y que había preferido suicidarse antes que convertirse en su reina?

Tras pensarlo unos segundos, llegó a la conclusión de que el destino no había tenido nada que ver con la muerte de Ferida. Había sido culpa suya. Se había dejado llevar por sus deseos y había causado una tragedia.

—¿Te ocurre algo? —preguntó Beth, mirándolo con intensidad.

Él le soltó la mano, incómodo. No estaba acostumbrado a mostrar sus sentimientos a los demás.

—Sígueme. Me he encargado de que tu visita a la Torre Eiffel sea un acontecimiento especial.

Beth lo siguió hasta la base de la torre, donde dijo:

—Nunca había visto nada tan bello.

Omar clavó la vista en sus ojos.

—Yo sí.

Su afirmación fue completamente sincera. Estaba asombrado con aquella mujer. No le interesaba la idea de ser reina de un país y esposa de un multimillonario, pero estaba tan feliz como una niña con un juguete nuevo ante el simple hecho de que la hubiera llevado a la Torre Eiffel.

—Es una pena que esté cerrada —dijo ella, suspirando.

—No para nosotros.

—¿Qué quieres decir?

Omar la llevó a la entrada y habló con el guía que los estaba esperando, mientras su guardaespaldas esperaba a una distancia prudencial. Las autoridades francesas, que querían tener buenas relaciones diplomáticas con el rey de Samarqara, le habían hecho el favor de ofrecerle una visita personal a la torre.

–¿Ascensor? ¿O escaleras? –preguntó Omar.

–Escaleras.

–Son muchos escalones –le advirtió.

–Eso no me asusta.

Omar sonrió, encantado con su valentía.

–Como quieras.

Subieron a la primera planta y, acto seguido, a la segunda. Beth llevaba zapatos de tacón alto, pero no se quedó atrás en ningún momento y, cuando vio las vistas de la ciudad, se quedó asombrada con su belleza.

–Gracias –susurró, con los ojos húmedos–. Nunca te estaré suficientemente agradecida.

–No es para tanto…

–Claro que lo es. No olvidaré jamás este momento.

Omar deseó que su alegría no fuera hija de la visita a una torre de metal, sino del simple hecho de estar con él. Y le pareció irónico que no deseara nada parecido con ninguna de las otras candidatas.

Pero, por otra parte, era lógico. Se había reunido con todas, sin más excepción que la de Laila al Abayyi, y ninguna de ellas estaba interesada en el bienestar de Samarqara ni, a decir verdad, en el suyo. Unas se comportaban como si aquello fuera un cuento de hadas y otras, como si las fueran a contratar para un trabajo en una gran empresa.

Evidentemente, no eran conscientes de la importancia que tenía. Ni siquiera se habían planteado las consecuencias de casarse con un rey.

–¿En qué estás pensando? –preguntó Beth, interrumpiendo sus pensamientos.

Omar la miró y pensó que era la única de las diez que lo entendía; la única que veía sus debilidades y sus defectos y, precisamente por eso, la menos adecuada para ser su reina.

–Que empieza a hacer frío –mintió–. Ven conmigo. Es la hora del postre.

Omar la llevó al elegante restaurante de la Torre Eiffel, donde se sentaron a la mejor de las mesas. Eran los únicos clientes, y la cara de Beth se iluminó con una enorme sonrisa cuando vio los pasteles y quesos que les sirvieron segundos después.

–*Bonsoir, mademoiselle. Monsieur…* –dijo el camarero, inclinando respetuosamente la cabeza–. ¿Quieren café? ¿O prefieren champán?

–¿Café? ¿Está bromeando? Tomo café todos los días –contestó Beth–. ¡Champán, por supuesto!

El camarero les sirvió dos copas y desapareció. Beth se quedó mirando las impresionantes vistas de París; pero, en determinado momento, se giró hacia Omar y dijo:

–¿Cómo va la elección de novia?

–Bueno, tengo que elegir a cinco y llevarlas a Samarqara, donde se someterán al dictamen del Consejo de Estado, que tomará la decisión final.

Beth lo miró con horror.

–¿No tienes la última palabra?

–Teóricamente, sí, pero solo un tonto rechazaría su opinión. Ten en cuenta que los monarcas de mi país solo se pueden divorciar antes de engendrar un hijo. A partir de entonces, está prohibido.

–Vuestras leyes son demasiado estrictas, ¿no te

parece? Estrictas y poco prácticas. ¿Qué pasará si el amor se acaba?

—¿El amor? Ningún rey se casa por amor, así que no sería un problema —respondió Omar, alcanzando su copa—. Además, es lo mejor para el país. Si los monarcas se pudieran divorciar, tendrían hijos con personas distintas y volveríamos a las guerras de sucesión que sufrimos el siglo pasado.

—¿Habéis tenido muchas guerras?

—Desde que soy rey, ninguna.

Ella lo miró con asombro y respeto.

—Guau…

—¿Guau? —dijo él, frunciendo el ceño.

—Acabo de caer en la cuenta de que ser rey de Samarqara implica asumir una responsabilidad gigantesca. No es un asunto de palacios y coronas, sino de impedir cosas tan terribles como una guerra.

—En efecto.

—¿Dónde está tu país, exactamente?

—En la orilla sur del mar Caspio, en la antigua ruta de la seda… Es un reino pequeño, famoso por sus especias, la calidez de sus gentes y, desde luego, el petróleo.

—Y el petróleo será la base de vuestra economía —declaró Beth.

—El petróleo y el comercio, porque todavía no somos un destino turístico importante, como me gustaría. De hecho, algunos de mis ministros están empeñados en que me case con Sia Lane. Dicen que, si fuera reina de Samarqara, el turismo aumentaría un quinientos por ciento.

—Vaya, eso son muchos turistas.

—Sí.

Beth suspiró y dijo, sacudiendo la cabeza:

–Debe de ser duro para ti. Me refiero a lo de estar obligado a sacrificarte por el bien de tus compatriotas. En cierto sentido, eres la persona menos libre de todo el reino.

Él se encogió de hombros.

–Es mi destino.

–No lo dudo, pero ¿con quién hablas cuando lo necesitas? Ni siquiera podrás tener amigos de verdad. Eres el rey. Nadie puede ser tu igual –afirmó ella–. Te sentirás completamente solo.

Omar guardó silencio, y Beth decidió volver a la conversación anterior.

–Sí, supongo que, si te casaras con Sia Lane, todo el mundo querría ir a Samarqara, pero…

–¿Pero?

–¿No deberías ser tú quien tomara la decisión definitiva? Eres rey, pero también eres un hombre de carne y hueso.

Omar respiró hondo, pensando que tenía toda la razón. Era un hombre de carne y hueso, un hombre que ardía en deseos de tirar las copas y los platos, tumbarla encima de la mesa, arrancarle el vestido y hacerle el amor con furia, hasta que los dos llegaran a las cotas más altas del placer.

Pero era el rey de Samarqara. No podía hacer eso. Estaba a punto de comprometerse con otra mujer y, sencillamente, no la podía deshonrar ni podía deshonrarse a sí mismo de esa manera.

–Se está haciendo tarde –dijo, levantándose de forma brusca–. Será mejor que te acompañe a la mansión.

–Sí, claro –replicó ella, confundida–. Ya has perdido demasiado tiempo conmigo.

Esa vez, Omar no la tomó de la mano. Tenía miedo de lo que pudiera pasar si volvía a sentir el contacto de su piel. Y, en lugar de bajar por la escalera, tomaron el ascensor.

–Gracias por todo –dijo Beth al llegar abajo–. Nunca olvidaré esta noche.

Omar pensó que él tampoco la olvidaría. Y maldijo su suerte por no poder casarse con ella.

Beth se sentía profundamente culpable cuando el chófer los dejó en la residencia y Omar se empeñó en acompañarla a su habitación. Quería decirle la verdad, pero no podía. Estaba allí por su hermana, y solo había una circunstancia que justificara la decisión de ser sincera: que él le ofreciera el matrimonio; algo que, según había dicho la propia Edith, era del todo imposible.

Y tenía razón. No había ninguna posibilidad de que la eligiera a ella. Ni siquiera se veía con posibilidades de estar entre las cinco que viajarían a Samarqara. Y, desde luego, no podía perder dos millones de dólares destinados a la investigación del cáncer sin más motivo que el de aliviar su conciencia. Ya se había arriesgado en exceso al pedirle que la llamara Beth.

–Bueno, ya estamos aquí –dijo ella al llegar a la suite.

–Sí –replicó él en voz baja.

Beth tuvo la sensación de que estaba a punto de

besarla, y lo deseó con todas sus fuerzas. Pero su pasión se enfrió bastante al darse cuenta de que no la habría besado a ella, sino a la persona con quien creía estar, Edith.

—¿Puedo hacerte una pregunta? —continuó Omar.

—Por supuesto.

Omar la tomó de la mano y dijo:

—¿Serías capaz de dejar tu trabajo?

—Sí —contestó ella sin pensar—. Lo dejaría por amor.

—¿Por amor? —declaró, desconcertado—. ¿Tan importante es para ti?

—¿Qué hay más importante que el amor? —dijo ella, mirándolo a los ojos.

—Me sorprende que digas eso. ¿Dejarías tu investigación, tu laboratorio y toda tu vida profesional por algo tan imprevisible como una simple emoción?

—El amor no es una simple emoción. El amor es…

Beth dejó la frase sin terminar, y por la misma razón que había enfriado su pasión unos segundos antes. Omar creía estar hablando con Edith, y su hermana no había dejado su carrera ni por amor ni por ninguna otra cosa.

—Oh, discúlpame. No había entendido bien tu pregunta —se corrigió rápidamente—. No, desde luego que no, nunca dejaría mi trabajo en el laboratorio. Mi profesión es mi vida.

Él asintió.

—Me lo imaginaba.

Justo entonces, oyeron un ruido en el pasillo. Era Sia Lane, quien llevaba una botella de agua y una ajustadísima prenda deportiva, como si acabara de salir del gimnasio de la mansión.

–Buenas noches, señorita Lane –la saludó Omar–. ¿Ha estado haciendo ejercicio? ¿A las dos de la madrugada?

–Creo en el deporte, en cualquier momento del día o de la noche –respondió, clavando sus fríos ojos azules en Beth–. Pero, claro, es que algunas tenemos disciplina.

Beth no era tan ingenua como para no darse cuenta de que la actriz se estaba comparando con ella para dejarla en mal lugar; pero no tuvo ocasión de defenderse, porque la otra mujer se marchó.

Durante unos segundos, Omar y Beth se quedaron en silencio, sin saber qué decir. Luego, él la miró y dijo:

–Bueno, me alegro de haberte acompañado por París.

Beth pensó que se estaba despidiendo de ella, e intentó convencerse de que era lo mejor para los dos. A fin de cuentas, no tenía ninguna opción con él. De hecho, no la habría tenido ni aunque hubiera sido la verdadera Edith, porque era cierto que su hermana no habría dejado su trabajo para casarse.

–Sí, supongo que ha llegado la hora de despedirse –replicó, armándose de valor.

–¿Despedirse?

–Te deseo toda la suerte del mundo. Espero que seas feliz con la mujer que elijas, sea quien sea. Y espero que te enamores de ella.

–Ya te he dicho que..

–Sí, lo sé, que el amor no te interesa –lo interrumpió–. Pero hazme un favor… cuando elijas, elige con el corazón. No te cases con nadie por que sea bueno para el turismo.

Para sorpresa de Beth, Omar la volvió a tomar de la mano.

–Ven conmigo.

–¿Adónde?

–A Samarqara, naturalmente. Quiero que me acompañes. Quiero que seas una de las cinco.

Beth se quedó atónita.

–¿Una de las cinco?

–Sí.

–¡Yo no puedo ser tu reina!

–Lo sé.

–Entonces, ¿por qué quieres que te acompañe?

–Porque te necesito.

Omar le alzó la mano y se la besó, dejándola definitivamente sin aliento.

–Ven conmigo –insistió él.

Ella respiró hondo. Quería negarse. Sabía que debía negarse. Pero su antiguo, caballeroso y casto gesto de besarle la mano la convenció de lo contrario.

–Está bien –acertó a decir.

–Eres una mujer extraordinaria, ¿sabes?

Omar le acarició la mejilla y se marchó, dejándola con una sonrisa en los labios que se le congeló enseguida, en cuanto se dio cuenta de que se estaba metiendo en un lío tremendo. ¿Qué pasaría si, al final y contra todo pronóstico, le ofrecía el matrimonio? Tendría que decirle la verdad. Y Edith perdería su dinero.

–Ni siquiera te ha besado.

Beth se sobresaltó al oír la irónica voz de Sia Lane, que reapareció súbitamente en el pasillo. Llevaba la indumentaria deportiva de antes, y la miraba con sorna.

–No es cierto. Me ha besado la mano.

–¿La mano? –dijo la actriz en tono de burla–. Es un rey, un multimillonario. Si un hombre como él se limita a besarte la mano, es que no le interesas. Y, francamente, no me extraña.

–¿Por qué dices eso? –preguntó Beth, dolida.

–Me han contado que te ha llevado a dar una vuelta por París. ¡Menuda cosa! –se burló de nuevo la otra mujer–. ¿Sabes lo que ha hecho conmigo? Dar una vuelta por mi cama. Hacerme el amor apasionadamente.

–No te creo.

La actriz se encogió de hombros.

–Dúdalo si quieres, pero los hombres se vuelven locos conmigo. Además, sabes tan bien como yo que tú no has nacido para ser reina –declaró, mirándola nuevamente con desprecio–. En fin, nos veremos en Samarqara.

Beth le dio la espalda y entró en su habitación, derrotada. Se había sentido especial cuando Omar le besó la mano, pero las palabras de Sia Lane le habían devuelto su antigua y dolorosa inseguridad.

Ella no era especial.

Se lo había dicho Wyatt antes de abandonarla.

Se lo había dicho hasta su primer novio, Alfie, cuando cometió el error de intentar besarlo en la fiesta de graduación del instituto.

Y, aunque no tuvieran razón, estaba segura de que cualquier hombre preferiría estar con una mujer tan bella y elegante como Sia Lane.

En su desesperación, se convenció a sí misma de que Omar había ido a buscarla a altas horas de la noche porque la actriz lo había tenido ocupado entre sus sábanas. Creyó que Sia Lane le había dicho la verdad y que, mientras ella se pintaba los labios, se arreglaba el pelo e intentaba ponerse bonita, él estaba haciendo el amor con la impresionante estrella de cine.

A Beth se le hizo un nudo en la garganta. ¿Cómo había podido creer que tenía alguna posibilidad, que había surgido algo entre ellos, que Omar podía sopesar seriamente la idea de casarse con ella?

Sí, pensándolo bien, había pasado lo mejor que podía pasar. Volvería a Houston con un millón más para la investigación de Edith y, de paso, se libraría del sentimiento de culpabilidad que tanto la agobiaba, porque a fin de cuentas había mentido a Omar sobre su identidad.

Pero, esa vez, no se sintió mejor al pensarlo. Se sentía como si le hubieran partido el corazón, como si hubiera encontrado la prueba definitiva de que no era especial, de que nunca lo había sido y de que nunca lo sería.

Un segundo después, se apoyó en la puerta y rompió a llorar.

Capítulo 4

BETH no vio a Omar en el avión que la llevó a Samarqara. Se había marchado antes, en uno de sus reactores privados.

—El rey no puede viajar con las candidatas —le dijo Laila al Abayyi durante el viaje—. Está prohibido.

—¿Por qué? —preguntó Beth, que estaba sentada a su lado.

—Porque la tradición es así. Pero podría ser peor. En los viejos tiempos, las aspirantes a novia debían llegar en camello, atravesando el desierto, o cruzar el mar Caspio en un barcucho desvencijado.

Beth sonrió y miró al resto de sus compañeras: Taraji, una ejecutiva de Silicon Valley; Anna, una abogada mundialmente famosa y, por supuesto, Sia Lane, que estaba en el otro extremo del avión, hablando con alguien sobre su último éxito cinematográfico.

A Beth le habría gustado que Bere Akinwande, la ganadora del Premio Nobel, estuviera entre las elegidas; pero había abandonado la liza por la mañana, cuando el visir se presentó ante ellas con un documento que debían firmar si querían tener la opción de estar entre las cinco elegidas y viajar a Samarqara.

Era un documento bastante sencillo. Solo decía

que estaban en condiciones de casarse, que estaban interesadas en Omar, que estaban de acuerdo en que la boda se celebrara antes de un mes, que vivirían en Samarqara y que, si se quedaban embarazadas, el matrimonio sería indisoluble.

La mitad de las mujeres lo rechazaron inmediatamente por la imposibilidad de divorciarse. Sin embargo, el resto aceptó los términos sin protestar y, cuando el visir se dirigió a Beth, lo firmó del mismo modo. Omar necesitaba una amiga a su lado, alguien en quien pudiera confiar. Y, por otra parte, estaba segura de que no la elegiría a ella, así que el documento carecía de importancia.

A decir verdad, la única duda que tuvo fue la referente a la propia firma. Ella no era Edith, sino Beth. Pero la solventó por el procedimiento de firmar como *E. Farraday,* aprovechando que Beth era el diminutivo de Elizabeth.

—Me pregunto por qué habrá firmado Sia Lane ese contrato —dijo a Laila en voz baja—. Es una estrella de cine. Tiene el mundo a sus pies.

—Porque Omar es rey. ¿Por qué si no? —respondió Laila—. Y, porque por mucho que afirme lo contrario, sus últimas películas han sido un desastre. Además, tiene treinta y seis años, y el tiempo no juega a favor de una actriz.

—¿Y tú? ¿Por qué te quieres casar con él?

La expresión de Laila se volvió súbitamente triste.

—Porque me educaron para ser reina.

Beth notó su dolor, e intentó animarla.

—Pues deberías serlo. Se lo diré a Omar en cuanto lo vea.

Laila la miró con gratitud.

–Gracias.

Beth se quedó dormida al cabo de un rato, y solo se despertó cuando Laila le puso una mano en el brazo y la sacudió con suavidad.

–Mira, Samarqara –dijo, señalando la ventanilla–. La ciudad que se ve es Khazvin, la capital.

Beth se quedó atónita con la exótica belleza de Khazvin, cuyos minaretes y cúpulas reflejaban el dorado del sol de la tarde contra el azul intenso de las aguas del mar Caspio. Pero las vistas no fueron lo que más le llamó la atención cuando por fin aterrizaron, sino la temperatura. Habían pasado del frío de París a un calor veraniego.

–Bienvenidas a Samarqara –las saludó el visir, que fue a recibirlas–. Se quedarán en mi palacio hasta mañana, cuando se celebre el mercado de novias. Esta noche se celebrará un baile, para que los miembros del Consejo puedan conocerlas y tomar una decisión.

–¿Estará presente el rey? –preguntó la ejecutiva de Silicon Valley.

–Por supuesto. Bailará con todas una vez y, mañana, cuando el Consejo le dé su veredicto, anunciará el nombre de su prometida en la escalinata del Palacio Real –respondió Khalid.

–¿Eso es todo? Menos mal –dijo Beth–. Tenía miedo de que el mercado de novias consistiera en etiquetarnos y ponernos en venta, como si fuéramos cajas de bombones.

El visir arqueó una ceja.

–Es una simple ceremonia, doctora Farraday. Saldrán de mi palacio en palanquines, cruzarán el zoco

en una especie de desfile y se presentarán formal-
mente al rey. Por lo demás, tienen la tarde libre para
lo que quieran. Pueden descansar en mi palacio o, si
lo prefieren, dar una vuelta por la ciudad.

Cuatro de las mujeres respondieron que preferían
descansar y prepararse para el baile; pero la quinta,
que por supuesto era Beth, optó por la segunda opción.

Una hora después, se encontró con una sonriente
guía turística que la llevó por las calles de Khazvin, la
invitó a probar platos típicos del país, le hizo escuchar
música tradicional y le contó todo tipo de cosas sobre
la historia de Samarqara. Beth se quedó horrorizada
con sus referencias a la guerra civil, pero comprendió
mejor a Omar cuando la guía afirmó que su pueblo le
estaba enormemente agradecido.

—Desde que llegó al trono, todo han sido parabie-
nes. Incluso nos sacó de la pobreza —afirmó la joven—.
Y ahora, estamos ansiosos de que se case, tenga un
heredero y asegure nuestro futuro.

Mientras volvían al palacio del visir, Beth notó que
muchas personas se acercaban al vehículo en el que via-
jaban e intentaban mirar por las ventanillas ahuma-
das, detalle que le sorprendió.

—¿Por qué hacen eso?

—Porque quieren verla, señorita. Quieren conocer a
la mujer que dentro de poco será su reina —respondió la
guía.

—¿Su reina? Me temo que se equivocan. No me ele-
girá a mí.

—Es demasiado modesta, doctora Farraday. Usted
es la mejor opción.

Beth frunció el ceño.

–¿La mejor opción?

–Sin duda alguna. Es la única de las cinco que se ha tomado la molestia de salir a la calle para conocer mejor nuestro país –replicó la joven, sonriendo–. De hecho, se lo diré a mis amigas en cuanto tenga ocasión. Aunque me temo que no podré hacer nada por usted... desgraciadamente, mis amigas no son miembros del Consejo de Estado.

Al llegar a la residencia del visir, Beth se empeñó en que le recordara algunas de las frases que le había enseñado. Nunca había sido muy buena con esas cosas, pero quería saludar a sus anfitriones en el idioma local, de modo que hizo lo posible por aprenderse una fórmula de cortesía que, más o menos, significaba lo siguiente: «Que la paz y la alegría bendigan su hogar».

Sin embargo, no la pronunciaba bien, y la guía intentó convencerla de que no la usara. Por lo visto, cometía un error que cambiaba el sentido de la frase. Pero, cuando se despidió de ella y entró en la suite que le habían asignado, la siguió practicando una y otra vez, convencida de que la pronunciación no podía tener tanta importancia.

Tras acicalarse y ponerse un vestido de color esmeralda, aún más elegante que el anterior, llegó el momento de bajar al salón y someterse al escrutinio de la aristocracia de Samarqara. Beth no tenía el menor deseo de impresionarlos, pero quería ser educada y, cuando le presentaron a los miembros del Consejo y a sus esposas, dijo la frase que había practicado.

Para su sorpresa, los hombres la miraron con horror,

y una de las mujeres derramó el champán que sostenía.

–¿Beth?

La voz de Omar la sacó de su desconcierto y la
sumió en un estado de embriaguez amorosa, porque
estaba sencillamente impresionante. En París le había
parecido un hombre tan sexy como irresistible; pero
allí, en su propia tierra, parecía casi un dios. Al fin y
al cabo, era el rey. Todo el mundo lo miraba con respeto. Y su poder absoluto brillaba como el blanco de
la túnica que se había puesto.

–Baila conmigo –continuó.

–¿Ahora?

–Ahora.

–¿Te parece adecuado? He llegado la última, y el
visir ha dicho que tendría que esperar.

–Khalid puede decir lo que quiera, pero la decisión
es mía.

–Está bien.

Omar la tomó entre sus brazos y empezó a bailar
con ella. Pero, al cabo de unos momentos, le preguntó:

–¿Se puede saber qué estás haciendo?

–¿A qué te refieres?

–Has usado el saludo tradicional con los miembros
del Consejo.

Beth sonrió.

–Ah, sí. Lo aprendí esta tarde –dijo, orgullosa.

–Pues lo aprendiste mal. Tal como lo pronuncias,
significa algo completamente diferente. Algo sobre
sus madres y un burro.

Beth se puso roja como un tomate.

–Oh.

–Sé sincera conmigo –dijo él, irritado–. ¿Qué estás haciendo? ¿Asegurarte de que no te elijan?

–Lo dices como si tuviera alguna opción.

–¿Qué significa eso?

–Lo sabes de sobra. No estoy aquí en calidad de novia, sino de amiga tuya.

–¿De amiga mía? –preguntó Omar, asombrado.

Ella asintió.

–Sí, y lo comprendo perfectamente. El Consejo no me elegiría a mí en ningún caso. No sirvo para nada. Solo he venido para asegurarme de que no cometas el error de casarte con Sia Lane, aunque te hayas acostado con ella.

–¿Acostarme con ella?

–No hace falta que lo niegues. Sia me dijo que se había acostado contigo.

–¿Te dijo eso?

–No estoy celosa –replicó ella, haciendo un esfuerzo por contener las lágrimas–. No es como si hubiera pensado que tú y yo… que podríamos…

–No me he acostado con ella, Beth.

–Pero…

–Las normas del mercado de novias lo prohíben tajantemente –insistió Omar–. No puedo tocar a ninguna candidata hasta después de anunciar mi decisión. Aunque reconozco que me he sentido tentado.

–¿Por Sia Lane?

–No. Por ti.

Beth entrecerró los ojos, incrédula.

–Oh, vamos. Solo somos amigos.

–¿Amigos? Anoche estuve a punto de besarte.

Tuve que echar mano de toda mi fuerza de voluntad para no caer bajo tu hechizo –le confesó–. Sia te ha mentido porque se siente amenazada.

–¿Amenazada por mí?

–Evidentemente. Pero, a pesar de eso, no puedes ser mi reina.

Ella tragó saliva.

–No, claro que no.

Omar la miró a los ojos, y Beth no supo qué sentir. Ahora sabía que la deseaba, pero también sabía que no le iba a ofrecer el matrimonio.

–Entonces, ¿no tienes intención de elegir a Sia?

–No. Y, francamente, no sé qué hacer.

–Cásate con Laila. Debería ser la reina.

Él sacudió la cabeza.

–Eso es imposible.

–¿Por qué? Es bella, amable y…

–¿Se puede saber qué te pasa con Laila? –la interrumpió él–. La has estado defendiendo desde el principio.

–Porque es lo mejor para ti, Omar. Tu esposa no será solo una reina; también será tu compañera y tu amante, y lo será durante el resto de tu vida –le recordó–. Laila es la mejor opción.

–¿Lo estás diciendo en serio? –preguntó él, decepcionado.

–Sí.

La música terminó en ese momento, y Omar la soltó con un gesto brusco.

–En ese caso, le pediré a Laila que baile conmigo. Adiós, Beth.

–Adiós –respondió ella en el idioma del país.

Omar la miró de forma extraña, y Beth añadió:

–¿Lo he pronunciado mal?

–No. Lo has pronunciado perfectamente.

Luego, él frunció el ceño y se fue.

Omar estaba enfadado con todo y con todos, empezando por él mismo. Deseaba a Beth, y estaba seguro de que el sentimiento era recíproco. ¿Por qué si no había firmado el contrato esa mañana?

Sin embargo, sus conocimientos del idioma de Samarqara eran tan lamentables que ya había causado un problema diplomático con su mala pronunciación y, por si eso fuera poco, se había enemistado con los miembros del Consejo de Estado.

Además, no tenía sentido que se obsesionara con ella. No había ninguna posibilidad de que abandonara su trabajo para casarse con él. Había sido clara al respecto. Y Samarqara necesitaba una reina, no una investigadora invisible que vivía encerrada en un laboratorio.

Pero no conocía a ninguna mujer que estuviera a su altura. Y no había ninguna entre sus cuatro compañeras de aventura.

¿Cómo era posible que el visir hubiera cometido semejante error? ¿Cómo era posible que no les hubiera presentado el contrato antes de que se prestaran al mercado de novias? Se suponía que debían estar de acuerdo con los términos. Pero Khalid lo había sometido a su consideración demasiado tarde y, como la mitad lo había rechazado, ahora tenía que elegir entre cinco personas a cual más inadecuada.

Khalid ya le había pedido perdón, pero eso no cambiaba las cosas. Como el propio visir había dicho, solo tenía dos opciones: cancelar el mercado de novias o casarse con Laila al Abayyi, y las dos eran inaceptables.

¿Qué podía hacer? Beth estaba descartada por completo; Sia Lane era una ambiciosa que solo se quería a sí misma y, en cuanto a Anna y a Taraji, daban la impresión de ser un par de niñas que se despertarían en cualquier momento de su sueño de princesas y se preguntarían qué estaban haciendo allí.

Solo quedaba Laila. Era la única que tenía las habilidades necesarias para ser reina.

Resignado a su destino, se dirigió a ella y le hizo una reverencia. Estaba tan perfectamente vestida como de costumbre, y sus modales eran tan perfectos como los de su padre, quien se encontraba entre los invitados.

—¿Quiere bailar conmigo?

A Laila se le iluminó la cara.

—Será un honor, Majestad —replicó, encantada.

Omar la llevó al centro del salón de baile, consciente de la mirada de satisfacción de los aristócratas. Lo imposible acababa de suceder. Por lo visto, la idea de que se casara con una extranjera les molestaba tanto que, de repente, todos estaban a favor de Laila al Abayyi. Hasta se habían olvidado de la impresionante actriz.

—Me alegra mucho que me haya sacado a bailar —continuó la joven—. Empezaba a creer que no me invitaría.

Omar pensó que no se parecía nada a su difunta

hermanastra. Era amable y cariñosa, pero sin la fragilidad de la pobre Ferida. De hecho, tuvo la impresión de que su mirada deliberadamente decorosa ocultaba un fondo de firmeza más que adecuado para una reina.

Por desgracia, ni la aprobación de sus nobles ni su propia valoración eran tan importantes para él como sus propios sentimientos. Por mucho que intentara refrenarse, sus pensamientos volvían constantemente a la mujer de cabello castaño claro y ojos de color avellana que lo estaba mirando desde una esquina, Beth Farraday.

Omar estaba haciendo lo que ella le había pedido. Al parecer, se había decantado por Laila. Pero, cuando los vio bailando, Beth se sintió tan mal que abandonó el salón, cruzó el desierto palacio y regresó a la solitaria suite de la residencia del visir, donde intentó llamar a su hermana, en busca de consuelo.

Sin embargo, Edith estaba tan ocupada que nunca contestaba al teléfono, y aquella vez no fue la excepción.

Normalmente, Beth no se habría enfadado; pero aquella noche fue distinta, y la odió con todas sus fuerzas. Se había sacrificado muchas veces por Edith. Siempre estaba a su lado. Siempre la apoyaba. Y ella no era capaz ni de ponerse al teléfono cuando más lo necesitaba, cuando le acababan de partir el corazón.

Desesperada, renunció a hablar con ella y se acostó.

Fue una noche difícil, llena de pesadillas, pero la

mañana llegó de todas formas y, cuando ya la habían vestido y arreglado para la ceremonia del mercado de novias, salió de la residencia del visir y se quedó mirando los cinco palanquines que iban a llevar a las candidatas al Palacio Real.

Consciente de lo que debía hacer, se subió al suyo. Khalid apareció al cabo de unos momentos y cerró las cortinillas tras ordenarle que no las abriera en ningún caso ni se bajara del vehículo hasta llegar a su destino.

Beth obedeció, e hizo caso omiso de los gritos de la gente durante gran parte de los dos kilómetros que los separaban de palacio. Pero, al oír a unos niños, cayó en la tentación de asomarse, y los pequeños rodearon su palanquín en tal cantidad que los cuatro hombres que lo sostenían se vieron obligados a detenerse.

—Hola —les dijo Beth, que no quería ser maleducada—. Encantada de conoceros.

—¿Cómo se llama, señorita? —preguntó uno.

—Beth. ¿Y tú?

Los minutos siguientes fueron un caos. Todo el mundo quería acercarse a saludarla y darle la bienvenida. Un mercader le ofreció unos higos, que según él eran los mejores de la ciudad; una mujer le dio un poco de miel, afirmando que era la mejor del mundo y, por supuesto, también hubo quien quiso hacerse una foto con ella.

En determinado momento, Beth se dio cuenta de que su palanquín, que era el único que se había detenido, estaba cerrando el paso a los guardias reales que iban detrás. Y justo entonces, uno de los guardias perdió el control de su caballo, que se puso nervioso y se encabritó al verse rodeado de tanta gente.

Ajeno a lo que estaba pasando, un niño de tres o cuatro años se alejó de su madre y corrió hacia el palanquín sin prestar atención al animal. La mujer soltó un grito de terror, y Beth hizo lo primero que se le pasó por la cabeza: saltar a tierra, agarrar al niño y plantarse delante del caballo, con una mano extendida hacia él.

Para sorpresa de todos, el caballo retrocedió inmediatamente. No sabían que Beth había pasado mucho tiempo en el rancho texano de su abuela, y que estaba acostumbrada a tranquilizarlos cuando se asustaban.

—¡Beth! —exclamó alguien entre la multitud.

—¡Beth! —repitió otro.

Segundos después, no había nadie que no gritara su nombre. Se había ganado su afecto, y querían que fuera su reina.

Beth se sintió profundamente halagada, y por un buen motivo: Ninguno de los presentes conocía a Edith ni estaba al tanto de sus éxitos profesionales. La estaban vitoreando a ella. A ella, no a su hermana.

—Deberíamos seguir, señorita —dijo uno de los porteadores, mirándola con respeto.

Ella asintió y regresó al interior del palanquín, abrumada por lo sucedido. ¿En qué estaba pensando? No contenta con abrir la cortinilla, había salido y se había mezclado con la gente. El visir se enfadaría mucho cuando lo supiera. Casi tanto como Omar.

Para empeorar las cosas, la multitud la siguió sin dejar de gritar su nombre hasta que llegaron a palacio.

–¡Beth! ¡Beth! –repetían.

Omar, que estaba en lo alto de la escalinata, saludó a las cinco candidatas y miró a Beth con cara de pocos amigos. Evidentemente, no sabía lo que había pasado, pero los gritos del pueblo lo ponían en una situación muy difícil. Había tomado la decisión de casarse con Laila y ahora, para su absoluta sorpresa, todos sus súbditos le pedían que se casara con Beth.

Por fin, Omar alzó una mano y la multitud calló.

–He elegido novia –anunció–. Mi reina será…

Omar se detuvo un momento. Miró a Laila, a Sia, a Anna, a Taraji y, por último, a Beth. La decisión estaba tomada. Laila era la mejor de las candidatas. Pero, en ese caso, ¿por qué se resistía a pronunciar su nombre?

La respuesta era obvia. Se resistía porque estaba loco por otra. Se resistía porque la deseaba tanto que habría preferido ser un simple dependiente de Houston con tal de poder estar con ella y besarla.

Pero no era un dependiente de Houston. Y, por mucho que su pueblo la vitoreara, Beth no debía ser reina de Samarqara.

Tenía que casarse con Laila. Era la mejor solución, la única solución.

Pero, en ese caso, ¿por qué se resistía a pronunciar su nombre? Solo tenía que hacer eso. No era tan difícil. Hasta la propia Beth lo estaba esperando, como supo Omar cuando la miró de nuevo y vio que sus ojos se habían llenado de lágrimas.

–Mi reina será…

Omar se detuvo un momento y añadió:

–Beth Farraday.

Beth se quedó helada, incapaz de creer lo que estaba pasando.

La multitud estalló de júbilo y, durante unos segundos, ella se sintió la mujer más feliz del universo. Pero solo fueron eso, unos segundos.

¿Qué demonios había hecho? No podía casarse con él.

Capítulo 5

OMAR se giró al oír la voz de Khalid.

—¡Majestad!

Por su tono de voz, supo que el visir estaba enfadado, y replicó sin más:

—La decisión es mía.

Lejos de tranquilizarse, Khalid lo miró con furia.

—¡El Consejo ha elegido a Laila!

Omar no se molestó en negarlo. Había sido una decisión unánime, sin un solo voto en contra; algo tan poco habitual que no necesitaba ser muy listo para saber que todos los miembros del Consejo debían de estar tan enfadados como el visir.

A decir verdad, ni él mismo sabía por qué había tomado esa decisión. Había sopesado el asunto detenidamente, y había optado por acatar el dictamen del Consejo y anunciar que se casaba con Laila. Pero, al ver a Beth al pie de la escalinata, se había dejado llevar por un impulso.

Aquel día ni siquiera parecía ella misma. Le habían puesto un vestido tradicional de Samarqara, de faldas con bordados de colores y un velo que le tapaba el pelo. Llevaba dibujos de henna en los brazos, y le habían pintado los ojos con kohl negro, siguiendo la costumbre del país. No era la mujer a quien había conocido en el jardín parisino. Solo era la mujer que deseaba, y no se imaginaba con otra.

Además, el pueblo empezó a gritar su nombre, incitándolo a elegirla.

–¡Beth! ¡Beth! –decían.

Al oírlos, le ardió la sangre en las venas. Y cayó en la cuenta de que, opinara lo que opinara el Consejo, el rey era él. La decisión era suya.

Beth tenía razón. No se trataba de elegir una simple reina. Se trataba de elegir una esposa, una amante, la persona que estaría a su lado durante el resto de su vida. Y ella era la única que le gustaba.

Por supuesto, quedaba el problema de su carrera, pero no era tan relevante como lo demás. Estaba seguro de que encontrarían la forma de solventarlo.

–Pero… ¿por qué? –insistió el visir, sin entender nada.

Omar entrecerró los ojos.

–Porque la deseo.

–¿Y qué importa? Sabe que no dejará su trabajo…

–Sí, soy consciente de ello.

Khalid inclinó la cabeza, lleno de resentimiento, pero Omar intentó no dar importancia a su lamentable actitud. No le extrañaba que siguiera empeñado en que se casara con Laila. A fin de cuentas, se había criado con Hassan al Abayyi tras la muerte de sus padres. Sin embargo, eso no explicaba que se mostrara tan inflexible que casi resultaba irracional.

¿No comprendía acaso que Samarqara saldría ganando si se casaba con ella? En primer lugar, porque la deseaba; en segundo, porque tenía todo lo necesario para ser tan buena madre como esposa y, en tercero, porque el pueblo la adoraba.

¿Qué mejor prueba de su aptitud que ese último detalle? La gente no dejaba de gritar su nombre. En solo unos minutos, y por el sencillo procedimiento de cruzar el zoco en un palanquín para dirigirse al Palacio Real, se había convertido en la persona más querida del reino.

Mientras lo pensaba, volvió a mirar a Beth, que seguía abajo. La multitud la vitoreaba más que antes, para disgusto del resto de sus compañeras y, muy particularmente, de Laila al Abayyi. Pero eso también era normal. Le habrían informado de la decisión del Consejo, y se habría quedado de piedra al saberse rechazada.

Justo entonces, uno de sus empleados se acercó a Beth y le susurró algo al oído. Beth asintió, respiró hondo y comenzó a subir la escalinata, tan asustada que casi no se tenía en pie. Y, cuando llegó a su destino, Omar hizo lo que deseaba hacer desde que la vio por primera vez en París con aquel vestido rojo: la tomó entre sus brazos, inclinó la cabeza y asaltó su boca con un beso hambriento.

Beth soltó un suspiro de incomodidad, pero Omar apretó su pequeño cuerpo con más fuerza y la besó con más pasión, consiguiendo que se rindiera al principio y que respondiera después con arrebato, para entusiasmo de la multitud que los miraba.

La intensidad de los vítores creció, pero él no se dio ni cuenta. Se había olvidado del visir, de los nobles, de las otras mujeres y hasta de la propia ceremonia.

Solo existía ella.

Era como si Beth fuera la primera mujer que tomaba entre sus brazos, la primera a la que besaba. Desde ese punto de vista, se sentía como si él también fuera virgen. Estaba tan excitado que casi no se podía controlar. La deseaba con todas sus fuerzas, y habría sido capaz de hacer cosas peores si el visir no lo hubiera interrumpido, espantado con su comportamiento.

—Majestad...

Al oír su voz, Omar recordó que estaban en un acto público y recobró la compostura a duras penas, pero su corazón latía a toda prisa cuando volvió a mirar a Beth.

—Omar, tengo algo que decirte —intervino entonces ella—. Tenemos que hablar.

—¿Hablar? —repitió él, clavando la vista en sus rojos labios.

—No soy quien crees que soy.

—Por supuesto que lo eres —replicó Omar en voz baja—. Eres la brillante e inteligente Beth Farraday, una de las investigadoras más famosas del mundo. Eres la mujer con quien me quiero casar.

—No, yo no... yo no te merezco.

A Omar le pareció un comentario extraño. ¿Merecerlo? No entendió por qué había dicho eso, pero supuso que sería una forma de modestia y lo olvidó.

—¿Estás preocupada por tu carrera? Si lo estás, tranquilízate. Encontraremos la forma de solucionarlo. Podemos traer tu laboratorio a Samarqara.

—¿Mi laboratorio? —dijo, muy seria.

—Sí, eso he dicho. Y quién sabe... puede que tu

presencia avive el desarrollo tecnológico y científico de mi país —replicó en tono de broma—. Hasta podría mejorar el turismo.

Él sonrió, pero ella no le devolvió la sonrisa.

¿Sería posible que no quisiera casarse con él?

Omar desestimó la idea de inmediato. Había firmado el contrato, lo cual significaba que estaba dispuesta a llegar al matrimonio y, por otra parte, lo había besado de un modo que no dejaba lugar a dudas.

Beth lo deseaba. Habría apostado la vida por ello.

Y, si Beth le daba un hijo, la dinastía de los Al Maktoun, que había gobernado aquellas tierras durante cientos y cientos de años, se salvaría de la desaparición, porque él era el último de su estirpe.

Al mirarla de nuevo, supo que había tomado la decisión correcta; entre otras cosas, porque no se imaginaba estar con ella sin hacerle el amor constantemente y dejarla embarazada un montón de veces. Quizá cinco o, tal vez, diez.

La deseaba de tal forma que no sabía cómo se las iba a arreglar para esperar a la boda sin hacerle el amor, teniendo en cuenta que aún faltaba un mes.

Quería estar a solas con ella y arrancarle su elaborado vestido. Quería estar desnudo con ella y penetrarla una y otra vez hasta que su suave y sensual cuerpo se retorciera de placer y sus gritos de satisfacción llenaran la estancia.

Omar la tomó entonces de la mano, le levantó el brazo y gritó:

—¡Dentro de un mes, será la reina de Samarqara!

Los gritos de la multitud se volvieron tan potentes que hasta tembló el suelo. Luego, él se despidió de sus súbditos y la llevó al interior de palacio, pasando bajo las columnas de la entrada mientras Khalid y los consejeros los seguían.

—¿Qué pasará con Laila y las demás? —preguntó ella, tan consciente de él que no veía nada más.

Omar se encogió de hombros.

—Laila es ciudadana de Samarqara, así que se puede quedar. Las demás volverán al palacio del visir y regresarán a sus países.

—Ah, bien.

—No te preocupes por ellas. Se van con tres millones de dólares, todo un vestuario nuevo y unos cuantos recuerdos interesantes.

—Pero Laila...

Omar se detuvo y le puso las manos en los hombros.

—Olvídalo ya. Quiero hablar de ti, de nosotros.

Beth guardó silencio, y él se giró hacia el atribulado visir y los consejeros.

—Gracias por haber organizado el mercado de novias, Khalid. Ha sido un éxito en todos los sentidos. No lo olvidaré nunca.

—Majestad, si pudiéramos hablar un momento...

—Después —lo interrumpió Omar.

—Pero...

—Después —repitió, tajante—. Pueden retirarse.

Los hombres inclinaron la cabeza y desaparecieron.

—Creo que tu visir no me tiene en demasiado aprecio —comentó Beth cuando se quedaron a solas.

—Khalid es muy obstinado, pero hasta él se dará cuenta de que eres un verdadero tesoro —aseguró

Omar–. Por cierto, ¿qué ha pasado para que todo mi pueblo grite tu nombre?

Beth carraspeó.

–Ha sido culpa mía. Sé que no tenía que salir del palanquín, pero…

Beth le contó lo sucedido, y Omar se la quedó mirando con asombro, más convencido que nunca de haber tomado la decisión adecuada. Ni él mismo entendía que hubiera estado a punto de casarse con otra.

–Eres increíble, Beth.

Omar la tomó de la mano, se la llevó a los labios y le besó los dedos uno a uno, dulcemente. Beth se estremeció, pero luego dijo:

–Tengo que hablar contigo.

Justo entonces, pasaron tres doncellas que, naturalmente, se giraron hacia ellos con curiosidad y, como Omar no quería que los vieran, replicó:

–Vayamos a algún sitio donde podamos estar a solas.

–Sí, será lo mejor.

Él la tomó del brazo y la llevó por los corredores del Palacio Real, bajo techos de dibujos azules y dorados y arcos a cual más majestuoso. Se sentía particularmente orgulloso de aquel edificio, porque había ordenado que lo reformaran y mejoraran diez años antes, decidido a devolverle el esplendor que había perdido por los estragos de la guerra civil y la negligencia de su propio padre.

Pasaron por la sala del trono, por la de baile y por varias salas más. Incluso le enseñó la enorme biblioteca, donde había pergaminos de la época de los califas. Pero no se detuvo demasiado tiempo en ninguna.

Tenía demasiada prisa.

Por fin, tomaron la escalera que llevaba a la torre donde estaban sus habitaciones y, tras abrirle la puerta, declaró:

—Bienvenida al dormitorio del rey.

Beth soltó un suspiro de sorpresa.

—Es precioso.

—Es la sala más bonita de palacio, si exceptuamos la habitación de la reina.

—¿Habitaciones separadas?

—Cosas de la tradición. Aunque nuestros dormitorios están conectados —dijo con voz sensual.

Omar inclinó la cabeza con intención de besarla y, para su desconcierto, Beth se apartó de repente y salió a uno de los balcones. Al fondo, se veía el mar; debajo, los grandes jardines de palacio y a ambos lados, la próspera y bella capital del reino.

Él miró entonces los rosales de los jardines y dijo:

—Siempre te veo entre flores, como la primera vez.

—Ah, el jardín de París —replicó ella, sacudiendo la cabeza—. ¿Cómo pude ser tan estúpida? Fui la única persona que no te reconoció.

—Y me hablaste como si fuera tu igual.

—¿Tu igual? No, en absoluto. Me pareciste tan atractivo que me sentí completamente abrumada.

Omar se rio.

—Pues imagínate cómo me sentí yo.

—¿Qué quieres decir? —preguntó ella, confundida.

—Que eras la mujer más sexy que había visto nunca.

Beth se quedó sin habla, y Omar le dedicó una sonrisa pícara.

—¿Sabes qué había antes en estas habitaciones?

–¿Qué había?

–El harén de palacio –respondió–. Es un edificio muy antiguo, con varios siglos de historia. Se construyó en los tiempos de la antigua ruta de la seda, aunque los harenes se prohibieron hace cien años.

–Pues es una pena –dijo Beth con una sonrisa–. Si no los hubieran prohibido, habrías podido elegir entre un montón de mujeres.

Él también sonrió.

–No quiero un montón de mujeres. Solo te quiero a ti.

Omar le puso las manos en las mejillas y la besó durante unos breves segundos. Beth todavía dudaba y, como él se daba cuenta, no quiso ir demasiado lejos. Pero su resistencia desapareció enseguida y, cuando se apretó contra su cuerpo, Omar la alzó en vilo y la llevó a la gigantesca cama, donde no había dormido ninguna mujer.

Era una decisión que había tomado tiempo atrás. No quería que fuera lecho de amantes temporales, sino de su esposa, de la mujer que eligiera como reina. Y por fin la había encontrado.

Tras sentarla, le desabrochó el vestido y la dejó sin más prenda que la sencilla camisola que llevaba debajo. Pero Beth se echó hacia atrás.

–No podemos…

–¿Es que no me deseas?

–Claro que te deseo. Lo sabes de sobra. Aunque, si hubiera sabido que me ibas a elegir a mí, no habría venido nunca a Samarqara –contestó–. No soy quien tú crees.

–¿Por qué te desprecias a ti misma? –preguntó él con

incredulidad, malinterpretándola–. Eres demasiado modesta.

–No es modestia. Crees que soy una científica famosa.

–No, yo no creo eso.

–¿Ah, no?

–Eres mucho más que tu trabajo. Eres la mujer que ha conquistado el amor de mi pueblo en menos de una hora. Eres la mujer que ha arriesgado su vida por salvar a un niño. Eres la mujer que quiere lo mejor para todo el mundo, sin más excepción que ella misma. Eres la mujer que va a ser mi esposa, y la madre de mis hijos.

Ella se estremeció y apartó la mirada.

–¿Cómo te lo podría decir?

–Si estás preocupada porque no eres virgen, deja de estarlo. Nadie espera que llegues pura al matrimonio. Y yo, menos que nadie.

Beth se quedó atónita.

–¿Qué?

–Supongo que tienes experiencia sexual, y me parece bien. Yo también la tengo. Pero eso no hace que te desee menos –declaró Omar–. Como mucho, te deseo más.

Beth no supo qué decir. Sencillamente, el asunto de la virginidad no tenía nada que ver con sus preocupaciones.

–¿Eso es lo que me querías contar? –prosiguió él.

Ella sacudió la cabeza.

–No, bueno… aunque, a decir verdad, te equivocas. Soy virgen. Ni siquiera estoy segura de poder satisfacerte en la cama.

Omar la miró con asombro.

–¿Eres virgen?

–Sí, y esa es otra de las razones por las que no podemos casarnos –replicó Beth. con los ojos llenos de lágrimas–. Aún no es demasiado tarde, Omar. Habla con Laila y dile que has cambiado de idea. ¡Es tu mejor opción!

–¿Cómo es posible que seas virgen? –dijo él, clavando la vista en sus ojos–. ¿Es que los hombres de Houston son idiotas?

Ella se ruborizó.

–Solo he tenido dos novios en toda mi vida. El primero, cuando estaba en el instituto –le confesó–. Me parecía extraño que no quisiera besarme, y me lo siguió pareciendo hasta que, de repente, en el baile de graduación, me dijo que era homosexual. Pero lo del segundo fue peor.

–¿Qué pasó?

Beth apartó la vista.

–Me enamoré de él estúpidamente, aunque es obvio que él no sentía lo mismo por mí. Y el año pasado, me abandonó con el argumento de que yo no era interesante, de que era demasiado aburrida, demasiado vulgar.

–¿Vulgar? ¿Tú? Tú no tienes nada de vulgar.

Beth parpadeó varias veces, como si no se pudiera creer que estuviera hablando en serio. Pero aún no le había contado su secreto, así que cambió de conversación.

–Omar, tengo algo importante que decirte. Algo que me gustaría no tener que decir.

–Te escucho.

–Como sabes, la investigación del cáncer es muy

cara, y mi hermana estaba tan desesperada al respecto
que… –Beth sacudió la cabeza un momento y siguió
hablando–. No, eso no es justo. Ella no tiene la culpa.
Además, reconozco que quería ver París.

Omar la miró con perplejidad, preguntándose por
qué sacaba a colación a su hermana. Pero estaba tan
ansioso por besarla de nuevo que, en lugar de dejarla
hablar, asaltó su boca.

–¡Por favor! –exclamó ella, desesperada–. No lo
entiendes. ¡No soy quien crees que soy!

–Pues dime quién eres. Quiero saberlo todo de ti
–replicó él en un susurro–. O, mejor aún, demuéstra-
melo.

Omar la besó otra vez y, mientras la besaba, le bajó
los tirantes de la camisola, que cayó al suelo. Beth se
quedó desnuda de cintura para arriba, sin más prenda
que unas braguitas blancas.

Al ver sus grandes senos, su estrecha cintura y la
larga melena de cabello castaño que caía sobre su
piel, él se quedó sin aliento. Casi pudo oír los acelera-
dos latidos de su corazón, y desde luego oyó su respiración pesada cuando se quedó completamente inmó-
vil, con los pezones endurecidos.

Era tan sexy y tan inocente al mismo tiempo que
Omar se dio cuenta de que no podría esperar un mes,
hasta que se celebrara la boda. Quería hacer el amor
con ella, y quería hacerlo ya. Pero, por otra parte,
Beth le acababa de confesar que era virgen, y su virginidad le parecía un regalo tan precioso que se sintió
en la necesidad de esperar hasta entonces.

Solo tenía una opción: casarse con ella de inmediato.

Capítulo 6

QUÉ ESTABA haciendo? ¿Cómo podía estar desnuda delante de él? ¿Es que no tenía vergüenza? ¿Había perdido acaso la cabeza?

No, ni sentía vergüenza ni había perdido la cabeza. Sencillamente, deseaba a Omar con todo su ser, y lo deseaba de tal modo que la espera resultaba dolorosa. Al igual que él, quería más; y lo quería ya.

Sin embargo, tenía miedo de lo que pudiera pasar cuando Omar supiera que lo había engañado. Si se acostaban, sería más doloroso. Y ni siquiera sabía por qué le costaba tanto decir la verdad. Solo se trataba de confesarle que no era la doctora Edith Farraday.

No parecía difícil. Pero lo era.

Y, como si no tuviera suficientes problemas, Omar se quitó la túnica por encima de la cabeza y se quedó en calzoncillos, desequilibrándola un poco más con su masculina belleza. Tenía un cuerpo tan potente, tan fuerte y de hombros tan anchos que ella se sintió inmensamente femenina.

—Te deseo, *habibi*.

—¿*Habibi*?

—Significa… «mi amada».

Beth estuvo a punto de rendirse. La tentación de acostarse con él era irresistible. Además, ¿qué tenía de malo? Solo sería una noche, algo que recordaría el resto de su vida. Y luego, cuando se despertaran, le contaría la verdad.

Pero se refrenó.

–No, esto no está bien.

–Lo sé.

–¿Lo sabes?

–Claro. Eres virgen, y supongo que lo eres porque quieres llegar así al matrimonio –dijo él–. Lo comprendo perfectamente, y estoy dispuesto a esperar. Pero antes, necesito saber algo.

–¿Qué necesitas saber?

Omar le puso las manos en las mejillas.

–¿Me deseas?

A Beth se le llenaron los ojos de lágrimas. Lo deseaba con toda su alma, pero se resistía porque estaba convencida de que no lo podía tener. Al fin y al cabo, Omar seguía creyendo que era Edith.

–No debo desearte, Omar.

–¿Que no debes? –preguntó él con extrañeza.

–No, no debo. Pero te deseo de todas formas.

Omar la miró con intensidad, le dio un beso en las mejillas y dijo algo en su idioma

–¿Qué has dicho?

–Si me quieres, repite esas palabras y bésame como yo a ti.

Omar repitió las palabras, y ella las pronunció sin entender lo que significaban, antes de darle un beso en las dos mejillas. Le pareció algo extrañamente ceremonial, pero lo pasó por alto porque habría hecho cualquier cosa por conseguir que ese momento durara para siempre.

Luego, Omar inclinó la cabeza y le dio un beso tan dulce en los labios que a ella se le hizo un nudo en la garganta.

—No sabes lo feliz que me has hecho, Beth.

Él le acarició el cuello y descendió hasta sus senos, que lamió y succionó. Beth cerró los ojos, dominada por el placer. Pero, lejos de poner fin a sus atenciones, Omar la tumbó de espaldas en la cama y continuó con la exploración de su cuerpo, bajando cada vez más.

Cuando le quitó las braguitas, ella e estremeció sin poder evitarlo. Sentía el sol que entraba por el balcón y calentaba su piel desnuda; sentía la suavidad del colchón en el que estaba y, segundos después, liberado ya Omar de su ropa interior, sintió sus musculosas piernas contra la cara interior de los muslos.

—Mírame, Beth.

Beth obedeció. Omar estaba de rodillas, entre sus piernas, completamente desnudo. Su cuerpo era una maravilla de superficies duras y morenas, aunque sus ojos se clavaron de inmediato en la parte más dura de todas, que apuntaba hacia ella, erecta.

Era la primera vez que veía a un hombre desnudo, y su curiosidad la llevó a extender una mano y acariciar su miembro viril. Le pareció tan suave como el terciopelo y tan rígido como el acero.

Encantada, lo empezó a masturbar. Pero él soltó un grito y dijo:

—Deja de tocarme, o tendré que atarte a la cama.

Omar la volvió a cubrir de besos. Besó sus párpados, su frente, sus pechos. Le pasó la lengua por los pezones y siguió hacia su estómago, rozando su piel con sus ásperas mejillas, Y luego, tras separarle las piernas con delicadeza, lamió el lugar más secreto de su cuerpo.

El placer fue tan potente que le arrancó un suspiro. Su primera reacción fue la de alcanzarlo y abrazarse a él, pero se acordó de lo que había dicho sobre atarla a la cama y le dejó hacer.

Omar cambió de ritmo e intensidad, sin detenerse en ningún momento. Le introdujo un dedo y, más tarde, otro. Beth estaba tan fuera de sí que echó la cabeza hacia atrás y comenzó a gemir, aferrada a sus hombros mientras él insistía una y otra vez. Sus pechos se habían vuelto más pesados. Su cuerpo estaba tenso como la cuerda de un arco.

Y entonces, llegó al clímax. Lo alcanzó con un grito de alegría desbordante, de un tipo de alegría que ni siquiera sabía que existiera.

Al cabo de unos momentos, él alcanzó algo que había dejado en la mesilla.

—Nunca he estado con una mujer virgen —le confesó—. No quiero hacerte daño.

Beth, que aún tenía cerrados los ojos, los abrió.

—No me lo harás.

Omar se puso el preservativo que estaba buscando, se colocó entre sus piernas y la penetró centímetro a centímetro. Pero el placer se convirtió en dolor, y ella sintió miedo.

—No te preocupes, *habibi*. Pasará.

Omar entró hasta el fondo y se detuvo, dándole tiempo para acostumbrarse a él. Beth se tranquilizó y, enseguida, se llevó la sorpresa de que el dolor desaparecía y se convertía en algo muy distinto.

Él se empezó a mover de nuevo, reavivando su

excitación y despertándole un placer más intenso que el anterior. De hecho, lo era tanto que Beth volvió a cerrar los ojos, perdida en sus abrumadoras sensaciones.

—No —susurró Omar—. Mírame. Mírame mientras te tomo.

Beth lo miró, y lo siguió mirando durante todo el camino de acometidas lentas, rápidas, potentes, profundas. Lo miró hasta que el orgasmo la alcanzó y la sumió en un éxtasis tan profundo que no parecía existir nada más.

Omar había hecho lo posible por refrenarse, consciente de que Beth era virgen. Se había obligado a cubrirla de besos y explorarla lentamente hasta que estuviera preparada. Y había sido una verdadera tortura; sobre todo, cuando ella extendió una mano y lo empezó a masturbar, llevándolo al límite de su paciencia.

Por eso la había amenazado con atarla. ¿Qué otra cosa podía hacer?

Pero eso carecía de importancia en ese momento. Al final, había perdido el control de todas formas. Se había dejado llevar y, cuando Beth se estremeció de placer, provocando que sus magníficos senos oscilaran, lo perdió definitivamente y se deshizo en su cuerpo de un modo tan delicioso y feroz que se sintió al borde del desmayo.

En su agotamiento posterior, se apretó contra ella y la tomó entre sus brazos. Todo estaba bien. O, por lo menos, lo estuvo hasta que bajó la vista y descubrió que el preservativo se había roto.

Omar sintió un escalofrío, aunque intentó convencerse de que no importaba. A efectos prácticos, ya estaban casados. Beth no lo sabía, pero el rito de darse besos en las mejillas era una costumbre de Samarqara que equivalía a un compromiso matrimonial. Y, si ya eran marido y mujer, querrían tener hijos.

Luego, el sueño pudo con los dos y, cuando Omar se despertó, tenía tanta hambre que estuvo a punto de pedir que les subieran algo de comer. Sin embargo, faltaban pocas horas para la cena, y decidió esperar. A fin de cuentas, habían preparado un banquete como conclusión del mercado de novias; y, por otra parte, no quería que nadie se enterara de que se había acostado con Beth.

Desgraciadamente, sus buenas intenciones acabaron en nada, porque el visir entró en la habitación al cabo de unos segundos y se quedó atónito al verlos.

–¿Qué ha hecho?

–¿Qué quiere decir con eso? –replicó Omar.

Beth se despertó entonces y, al encontrarse delante de Khalid, corrió a taparse con la sábana.

–¡Esa mujer es un fraude, Majestad! No es la doctora Edith Farraday. La verdadera doctora está en Houston, en su laboratorio.

–¿Cómo que está en Houston? Está aquí, conmigo.

–La mujer que está en la cama es la hermana gemela de Edith, Beth Farraday.

Omar se giró hacia Beth, sin poder creerse lo que acababa de oír.

–Te lo iba a decir –declaró ella con un hilo de voz.

–¿No eres la doctora Edith Farraday?

Beth sacudió la cabeza.

–Entonces, ¿quién eres?

–¡No es nadie! –intervino el visir–. ¡Trabaja en una tienda!

Omar miró a Khalid y le ordenó que se fuera, pero no le obedeció.

–Majestad, no me parece sensato que se quede con esta…

–¿Tengo que repetírselo otra vez?

Khalid le hizo una reverencia y salió de la habitación a regañadientes, dejándolos a solas. Omar volvió a mirar a la mujer con quien había hecho el amor y dijo, sonriendo con frialdad:

–Ahora sé por qué quisiste que te llamara Beth.

–Lo siento. Lo siento mucho.

Él sacudió la cabeza. Había confiado en ella. Había decidido tomarla por esposa y convertirla en reina. Y ella lo había traicionado.

–Maldita seas, Beth.

Capítulo 7

ME HAS mentido desde el primer momento! –bramó Omar–. ¡Me has engañado miserablemente!

–No, yo no… No puedes creer que yo…

–¿Creer qué? –la interrumpió él–. ¿Que, mientras confiaba en ti y te elegía por novia, tu hermana y tú os reíais de mí?

–¡Eso no es verdad! ¡Lo hicimos por una buena razón!

–Pues será mejor que te expliques.

Ella respiró hondo.

–Cuando Edith recibió vuestra invitación, estaba tan ocupada que no podía dejar su trabajo. Pero necesitaba el dinero para la investigación del cáncer, y me pidió que la sustituyera.

Omar guardó silencio.

–No teníamos mala intención. Acepté porque me pareció una oportunidad perfecta para ver París y hacer algo bueno por el mundo.

–Algo bueno por el mundo –repitió él con sorna.

–Lo siento muchísimo –dijo, ruborizada–. Si hubiera pensado que había alguna posibilidad de que me eligieras a mí, no habría venido en ningún caso. Tienes que creerme.

–Pero viniste, te hiciste pasar por tu hermana, firmaste el contrato que te presentaron, me acompañaste a Samarqara con tus cuatro compañeras y, por último, permitiste que te presentara desde la escalinata de palacio como la futura reina de mi país.

–Lo siento –repitió Beth, completamente hundida–. Te ruego que me perdones y que comprendas que…

–Lo comprendo muy bien –la volvió a interrumpir él–. Me has dejado en ridículo por tres miserables millones de dólares.

–¡Para la investigación del cáncer! –intentó defenderse Beth.

–El motivo carece de importancia –declaró Omar, tenso–. Hasta has conseguido que mi pueblo te ame. No te lo perdonaré nunca, Beth.

–Te lo iba a decir. Te juro que te lo iba a decir…

–¿Cuándo?

–Mañana.

–Mentirosa.

–¡Es verdad! Hice una especie de pacto conmigo misma. Me prometí que pasaría la noche contigo y que después te lo confesaría.

–Cuando ya fuera demasiado tarde, claro.

Ella frunció el ceño, sin entender qué quería decir con eso.

–Mira, sé que tendría que haberte dicho la verdad. Tendría que habértela dicho al principio, cuando hablamos en París.

–No, ni siquiera tendrías que haber ido a París. Pero hay una cosa que no entiendo, Beth. ¿Por qué has querido que hagamos el amor? ¿Qué esperabas conseguir?

–Yo…

–¿Intentabas ganarte mi afecto? ¿O quizá mi perdón?

Beth lo miró a los ojos.

–Nadie me había mirado nunca como tú, Omar. Solo quería un recuerdo bonito, algo que atesorar durante el resto de mi vida, cuando me dejaras y te casaras con una mujer mejor que yo.

–¿Te das cuenta de lo que has hecho?

–Lo siento –repitió ella una vez más–. Me marcharé en silencio, sin que nadie se entere. Puedes hablar con los tuyos y decirles la verdad, que te he engañado. Tu visir tiene razón. No soy nadie. Edith es una mujer con mucho talento, pero yo ni siquiera acabé los estudios… Hablaré con mi hermana y le pediré que te devuelva el dinero. Después, solo tendrás que casarte con Laila.

Omar soltó una carcajada sin humor.

–Eso es imposible.

–¿Por qué?

–Porque nos hemos acostado.

–¿Y qué?

–Que podrías estar embarazada.

Beth frunció el ceño.

–¿Embarazada? ¿No te has puesto el preservativo?

–Sí, pero se ha roto.

–¿Cómo?

–Al verlo, he pensado que no importaba –dijo Omar con ironía–. ¿Por qué iba a importar, si ya estábamos casados?

Beth se quedó boquiabierta.

–Estaba loco por hacer el amor contigo –continuó él–. Pero eras virgen, y no me pareció justo que te quitara la virginidad sin estar casados, así que hice lo único que podía hacer.

−¿Te refieres a esas palabras que pronuncié?

−Sí. A las palabras y los besos en las mejillas. En mi país, equivale a un compromiso matrimonial.

−Pero eso no tiene sentido. Tú creías que era Edith.

−Aun así, no dirigí esas palabras a Edith, sino a ti −le recordó−. Y tú me las dirigiste a mí.

−¡Sin saber lo que decía! −protestó Beth.

Él arqueó una ceja.

−¿Pretendes romper tus votos después de haberme aceptado delante de todo el mundo? ¿Después de haber firmado un contrato en el que afirmabas querer casarte conmigo? ¿Después de haberme dicho con tu afecto y tu cuerpo que eres completamente mía?

Beth sacudió la cabeza, atrapada.

−Está bien, he pronunciado los votos. ¿Y qué? Solo lo sabemos tú y yo. Podemos fingir que no ha pasado nada.

−Puede que las mentiras se te den bien a ti, pero yo no soy igual. Juré que diría la verdad siempre, como hombre y como rey, y soy de los que cumplen su palabra −replicó Omar−. Además, no te he elegido a ti por capricho, sino por el bien de la nación. Me pareciste perfecta para cerrar sus viejas heridas. Pero tu engaño nos puede llevar a una guerra civil.

Beth lo miró con horror.

−¿Y qué podemos hacer?

−Si estás embarazada, no me podré divorciar de ti. Las leyes de Samarqara son estrictas al respecto. Un rey no se puede divorciar de la madre de su heredero, por ninguna razón.

–Oh, Dios mío… –dijo ella, al borde de las lágrimas–. Lo siento muchísimo, Omar. Perdóname, por favor. Haré lo que tú quieras.

–Sí –dijo él, asintiendo–. Lo harás.

Omar salió abruptamente de la habitación y se dirigió al visir, que se había quedado en el pasillo en compañía de dos guardias.

–Asegúrense de que la señorita Farraday no salga hasta la hora del banquete. En cuanto a usted, Khalid, venga conmigo. Tenemos que hablar.

–Por supuesto, Majestad –dijo el visir–. Si quiere, la encerraremos en una mazmorra y la dejaremos allí hasta el final de sus días.

–Basta –ordenó Omar, que se giró hacia Beth–. Tu ropa está en la habitación de la reina. El banquete se celebrará dentro de tres horas. Espero que estés preparada para entonces.

–Omar, no puedo seguir contigo después de…

Omar cerró la puerta sin darle ocasión de terminar la frase, y Beth se quedó completamente sola.

Al cabo de unos momentos, se levantó de la cama, entró en las lujosas habitaciones de la reina y sacó una bata del armario, que se puso. Luego, se ató el cinturón y salió al balcón, desde el que estuvo admirando la puesta de sol. Estaba hundida. Omar había descubierto la verdad. Y, por si fuera poco, cabía la posibilidad de que la hubiera dejado embarazada.

Poco después, alguien llamó a la puerta. Era una joven doncella, que se presentó como Rayah y dijo:

–El rey me ha enviado para servirla.

–Dudo que quieras ser mi doncella –replicó Beth, cabizbaja.

–No solo quiero, sino que lo he pedido yo misma.

Beth alzó la cabeza.

–¿Por qué?

–Por el niño al que salvó en el zoco. Es mi hermano.

A Beth se le encogió el corazón.

–Bueno, dígame lo que necesita –continuó la joven–. ¿Qué quiere? ¿Algo de comer? ¿Un baño antes de prepararse para la cena?

—Un baño estaría bien.

Rayah entró en el cuarto de baño, y Beth aprovechó para echar un vistazo a su móvil. Sorprendentemente, tenía diez llamadas perdidas de su hermana. Edith, la mujer que ni siquiera contestaba al teléfono, la había acribillado a llamadas durante la última hora.

Sintiendo curiosidad, cerró la puerta del baño para que la doncella no oyera su conversación y marcó el número de Edith, que contestó al instante.

–¿Dónde te habías metido? No conseguía localizarte –protestó su hermana.

–El rey quiere que me case con él. ¿No te parece increíble? Lo ha anunciado delante de todo el mundo.

–Ya lo sé. Está en todos los medios de comunicación. ¿Por qué crees que te he llamado tantas veces? Oh, Beth, ¿cómo has podido hacer eso? ¿Cómo has permitido que se enamore de ti?

–¿Enamorarse de mí? ¡No está enamorado!

–Entonces, ¿por qué te ha elegido?

–Eso no importa ahora. Lo importante es que ha descubierto que no soy tú. Y me odia.

–Pues vuelve a casa.

–No puedo.

–Claro que puedes. Súbete a un taxi y dirígete al aeropuerto.

–Tendrías que devolver todo el dinero, Edith.

–¿Y qué? Este asunto ha sido mucho más problemático de lo que me imaginaba, y las cosas se pondrán peor cuando la prensa descubra lo que hemos hecho. Vuelve a casa, por favor. No te preocupes por el dinero.

–No puedo –repitió Beth–. Me han encerrado en una habitación. Incluso podría terminar en la cárcel.

–¿En la cárcel? ¡Tonterías! Si es necesario, enviaré a los marines para que te rescaten –declaró Edith, tan segura como de costumbre.

–No quiero que hagas nada.

–¿Que no haga nada? ¡Has dicho que podrías terminar en prisión! Tengo que sacarte de ahí.

–No, Edith. Y lo estoy diciendo en serio –insistió Beth–. Yo soy la única culpable de lo que ha pasado.

–Eso no es cierto. Yo también soy culpable.

–Sea como sea, no puedo desaparecer de repente. Sería como dejarlo plantado en el altar, y no le quiero hacer más daño del que ya le he hecho.

–¿Y qué propones entonces? ¿Que me case con él en tu lugar?

–No, claro que no. Ya se me ocurrirá algo.

En ese instante, Beth oyó unos ruidos extraños al otro lado de la línea y, naturalmente, se preocupó.

–¿Edith? ¿Qué pasa?

–Acaban de entrar dos hombres que quieren que los acompañe –contestó su hermana–. ¡Por orden del rey de Samarqara!

–¿Cómo?

—¡Márchense de aquí! —gritó Edith—. ¡No me toquen!

Un segundo después, y para horror de Beth, la comunicación se cortó.

Omar miró los altos techos de la sala del Consejo. La luz del sol, que se estaba ocultando, la iluminaba aún; y en el exterior cantaban los pájaros. Todo parecía perfecto. Pero no lo era.

—Le dije que el mercado de novias era un error, Majestad —declaró el visir.

—El error es suyo por no haber investigado bien a las candidatas.

—No me pareció necesario —dijo Khalid a la defensiva—. Firmó el acuerdo como «E. Farraday», sin mencionar el hecho de que Edith y ella son prácticamente iguales. ¿Quién se iba a imaginar que no era quien decía ser?

Omar guardó silencio.

—Pero ¿por qué seguimos adelante con el banquete, Majestad? ¿Por qué no la ha echado ya de palacio?

—Lo sabe de sobra.

—Si se ha casado con ella en privado, se puede divorciar del mismo modo. Nadie se enteraría —afirmó el visir—. Después, solo tiene que anunciar su compromiso con Laila. La nobleza estará encantada, y el pueblo se olvidará pronto de la señorita Farraday.

—¿Cuándo va a entender que no me voy a casar con Laila? Me recuerda demasiado a…

—A Ferida, sí.

Omar se estremeció, recordando la nota que había

escrito antes de suicidarse, la nota donde decía que su corazón pertenecía a otro, y que no sería su reina en ningún caso, aunque la ley la obligara a ello.

Tras su muerte, Omar cambió la legislación del país para que ninguna mujer se viera obligada a casarse en contra de su voluntad. Pero ya era tarde para Ferida y, durante mucho tiempo, pensó que también era tarde para él. ¿Quién le habría dicho que se volvería a enamorar? No lo creía posible. Hasta que apareció Beth Farraday.

–¿Majestad?

La voz de Khalid lo sacó de sus pensamientos.

–¿Sí?

–La señorita Rayah quiere hablar con usted.

Omar miró a la doncella, que había entrado en la sala y estaba esperando junto a la puerta.

–¿Qué ocurre? –le preguntó.

–Se trata de su prometida, Majestad –contestó la joven–. Le ruega que vaya inmediatamente a sus habitaciones. Dice que es un asunto de vida o muerte.

Omar entrecerró los ojos, pensando que Beth había maquinado algo y lo quería engañar otra vez. Pero, si eso era lo que pretendía, iba a descubrir que estaba profundamente equivocada con él.

Beth estaba caminando de un lado a otro con ansiedad cuando Omar entró en las habitaciones de la reina y dijo con frialdad:

–¿Por qué me has llamado?

Ella se detuvo.

–¿Qué le has hecho a mi hermana?

–Lo que tenía que hacer.

–Como le hayas tocado un pelo…

–¿Me crees capaz de hacerle daño? –dijo él, avanzando hacia Beth.

–¡Estaba hablando por teléfono con ella cuando tus matones se la han llevado! –protestó ella.

–¿Has hablado con alguien más?

–No, con nadie. Pero ¿qué importancia tiene eso? ¡Quiero saber dónde está mi hermana?

–Se está tomando unas largas vacaciones.

–¿Unas largas vacaciones? ¿Qué es eso, un eufemismo? ¿La han matado y la han tirado a un río? ¡Habla de una vez!

–Tranquilízate. Solo son eso, unas vacaciones. Estará una temporada en mi isla privada del Caribe, tomando el sol y bebiendo cócteles.

–¿Cómo?

–Tienes que seguir interpretando el papel de la doctora Farraday; por lo menos, hasta que sepamos si estás embarazada. Y no nos podemos arriesgar a que alguien hable con tu hermana y descubra la verdad.

–¿Solo se trata de eso?

–Por supuesto que sí. Yo no soy el mentiroso de esta habitación –contestó Omar–. ¿Puedo confiar en ti?

–Claro que puedes. De todas formas, no se lo podría contar a nadie.

–A nadie salvo a la prensa. Estoy seguro de que pagarían una fortuna por publicar tu historia –replicó él–. Y también podrías llamar a la embajada de tu país y decir que te hemos detenido de forma ilegal.

–Lo cual sería cierto –le recordó.

Omar la miró a los ojos.

–¿Puedo confiar en ti? –repitió–. ¿Me ayudarás a deshacer el daño que has hecho a mi país?

–Te ayudaré, aunque no sé cómo.

Omar asintió.

–El banquete empieza dentro de una hora, y aún no estás preparada.

–¿Quieres que asista al banquete? ¿Por qué? Tus nobles me odian, y tu visir me quiere meter en la cárcel. No voy a ir a esa cena.

–Oh, sí.

–Oh, no.

–Eso ya lo veremos. Pero tengo entendido que Rayah te ha preparado un baño, ¿verdad?

Omar la tomó del brazo y la llevó al cuarto de baño sin contemplaciones. Ya se había hecho de noche, pero ni siquiera tuvieron que dar la luz, porque alguien había encendido un montón de velas.

–¿Qué es esto? –preguntó ella, extrañada.

–Habrá sido cosa de Rayah. Yo no he tenido nada que ver –afirmó Omar–. Y ahora, métete en el agua.

–¡No me voy a desnudar delante de ti!

–Métete en el agua, Beth.

Beth se dio cuenta de que era capaz de meterla en la bañera con bata y todo, así que se la quitó y la dejó en el suelo.

Los ojos de Omar se oscurecieron al ver su cuerpo desnudo, al que la luz de las velas daba un tono dorado. Beth se ruborizó, pero mantuvo el aplomo y entró en el agua con la cabeza bien alta, desafiante.

–Bueno, te dejaré a solas –dijo él–. El banquete es dentro de una hora.

–¿Por qué es tan importante para ti? ¿Qué ganas, fingiendo que soy tu futura esposa?

–¿Fingiendo? Ya estamos casados, aunque no lo sepa nadie más. Y es un banquete en tu honor, así que no tienes más remedio que asistir. Mi pueblo se merece un poco de respeto. Hasta tu posición social se lo merece.

Beth ya se había sumergido en el agua, pero sus senos estaban a la vista y, cuando vio que Omar la estaba mirando, se le endurecieron los pezones, lo cual la molestó. ¿Cómo era posible que lo deseara? Sobre todo, en ese momento.

Nerviosa, se sumergió un poco más.

–No tenía intención de herirte, Omar.

–¿Herirme? No, solo estoy decepcionado. Te has ganado el afecto de la gente con mentiras y ahora, tendrás que hacer lo posible por perderlo.

–¿Cómo?

–Siendo grosera, maleducada. Siendo una maldita mentirosa. No debería costarte mucho –ironizó él.

–¿Y si estoy embarazada? ¿Qué pasará entonces? ¿Cómo podré ser tu esposa si todo el mundo me odia?

Él se encogió de hombros.

–Llegado el caso, tendrás que volver a ganarte su apoyo. Pero no creo que te costara mucho, porque soy el último miembro de mi dinastía. Si me dieras un heredero, tendrías la admiración de todos... Bueno, de todos menos de mí –dijo con frialdad.

A Beth se le encogió el corazón, porque sus palabras no dejaban lugar a dudas. Le estaba diciendo que, si tenía un hijo suyo, se vería obligado a seguir con ella contra su voluntad. Y le dolió mucho; especialmente, porque solo habían pasado unas horas desde que habían hecho el amor.

–¿Y qué pasará con mi trabajo de Houston? Si me quedo aquí, me despedirán.

–Oh, vamos. Como si tuvieras intención de trabajar en una tienda después de haber ganado tres millones de dólares.

–El dinero no es mío. Ya te lo he dicho.

–Sí, me has dicho un montón de cosas, pero no me creo ninguna.

Beth se puso tensa. Había intentado disculparse. Había intentado corregir su error. Y no había servido de nada.

–Mira, ya te he dicho que lo siento, que es culpa mía. Y haré todo lo que sea posible por arreglarlo. Pero me estoy cansando de tus insultos –replicó–. Mi paciencia tiene un límite.

–Entonces, será mejor que nos veamos tan poco como sea posible hasta que te marches de mi país. Y espero que ese día llegue pronto.

Omar dio media vuelta y salió del cuarto de baño tan deprisa que no llegó a escuchar su réplica:

–¡Yo también lo espero!

Capítulo 8

CUARENTA y cinco minutos después, mientras se ponía un vestido con ayuda de su doncella, Beth se intentó convencer a sí misma de que no sentía nada, de que no lo deseaba, de que no estaba enamorada de él. Pero no lo consiguió.

–¿Le ocurre algo, Majestad? –preguntó Rayah, notando su incomodidad–. ¿Es que no le gusta el vestido?

–No, el vestido es precioso.

Cuando terminó de vestirse, salió de la habitación y se dirigió al gran salón de palacio, donde Omar la recibió con fría cordialidad y le presentó a unos cuantos nobles que no parecían precisamente encantados de verla.

Luego, la tomó del brazo y la llevó a su mesa, que estaba en una tarima, a la vista de todos los nobles. Beth se seguía repitiendo que no sentía nada, y seguía fracasando. A fin de cuentas, su cuerpo aún sentía el eco de la larga tarde de pasión en la que había perdido la virginidad y ganado un buen motivo para vivir.

Por desgracia, él apenas la miraba. Se sentó a su lado y se mantuvo impasible mientras los invitados pronunciaban discursos en inglés y en el idioma del país en los que saludaban a la nueva reina, a la que naturalmente llamaban «Edith».

Beth comió y bebió, aunque sin ser consciente de lo que se llevaba a la boca. Estaba cabizbaja, e intentó pasar tan desapercibida como era posible. Se sentía fatal.

A pesar de ello, intentó convencerse de que solo estaría allí unas semanas, hasta conseguir que todo el mundo la odiara, algo que no podía ser tan difícil. Y, cuando se supiera que no estaba embarazada, volvería a Houston y a su antigua existencia.

En mitad de la comida, Omar se inclinó sobre ella y preguntó, enfadado:

—¿Se puede saber qué estás haciendo?

—¿A qué te refieres?

—A que te comportas como si te fueran a ejecutar –respondió él.

—¿Y qué quieres que haga? ¿Que me finja contenta? Porque no lo estoy en absoluto.

—Vaya, ¿ahora te ha dado por la sinceridad total? –se burló Omar–. Has demostrado que eres una buena mentirosa, así que no me vengas con excusas. Miente. Fíngete feliz.

Beth lo intentó. Pero no debió de tener demasiado éxito, porque Omar volvió a protestar al cabo de un rato.

—Por Dios –dijo, tenso.

—¿Qué pasa ahora?

—Que sigues sin sonreír.

Irritada, Beth le dedicó una sonrisa tan falsa que pareció un rictus.

—Basta ya –le ordenó Omar.

—No puedo sonreír, no puedo estar seria… ¿Se puede saber qué quieres?

–Que te muestres agradable.

–¿Como tú? –ironizó ella.

Omar cambió de expresión al instante, y adoptó un gesto tan encantador que nadie habría dudado de su verosimilitud.

–Eso no vale. Tú tienes mucha práctica –afirmó ella.

–Y tanta. Llevo practicando toda la vida –admitió él, alcanzando su copa–. De lo contrario, no podría estar a tu lado y fingirme feliz.

–Quizá sería mejor que me marchara.

–¿De Samarqara? No antes de que todo el mundo te desprecie tanto como yo.

–Tus nobles ya me desprecian.

–Sí, pero mi pueblo te adora. Hasta los criados te adoran.

–No pretenderás que los trate mal sin motivo –declaró Beth, pensando en Rayah.

–Haz lo que sea necesario, sin deshonrar a mi país ni deshonrar al trono. Solo tienes que darme una excusa para que pueda librarme de ti.

–¿Tienes alguna idea al respecto? ¿Quieres que me quite la ropa y baile desnuda entre las mesas?

–Puede que más tarde.

–Estaba bromeando –dijo ella, espantada.

–Pues antes parecías deseosa de desnudarte.

–Eso fue antes –replicó ella, herida.

–Antes de que yo descubriera quién eres.

–No, antes de que yo descubriera quién eres tú.

–¿Y quién soy, si se puede saber?

–Un canalla insensible que no sabe perdonar –dijo Beth, mirándolo a los ojos.

–¿Perdonar la traición? –preguntó él, sonriendo de cara a la galería–. No, desde luego que no.

Beth respiró hondo.

–¿Qué ha pasado con el hombre encantador que conocí en París?

–Yo te podría preguntar lo mismo. ¿Qué ha pasado con la supuesta doctora Edith Farraday?

El resto de la cena fue tan difícil para ella como esos minutos, aunque menos comprometida. Comió comida que no quería comer y oyó discursos que no quería escuchar. Y, cuando terminó la velada, él se levantó de repente, dio las gracias a los comensales y se llevó a Beth con una gran sonrisa en los labios, como si no pasara nada.

En cuanto se quedaron a solas, ella se apartó de él y dijo:

–No es necesario que me acompañes a mi habitación.

–Por supuesto que lo es. Tengo que asegurarme de que no vas a huir.

–No me iré a ninguna parte.

–Puede que no, pero no me fío de ti.

Omar le puso una mano en el talle y no la soltó hasta que entraron en las habitaciones de la reina y cerró la puerta.

–Bueno, ya hemos llegado, ya te puedes ir –declaró Beth.

–Sí, me puedo ir –dijo él, pero no se movió.

Beth tragó saliva.

–Por favor, márchate.

En lugar de marcharse, Omar dio un paso hacia

ella, y se quedó tan cerca que Beth notó el aroma de su piel, que olía a jazmín y a mar.

—Me estás matando, Beth...

Y dicho esto, la tomó entre sus brazos, la empujó contra la pared y la besó apasionadamente.

Omar quería humillar a Beth; quería castigarla por lo que había hecho. Le había mentido, le había tomado el pelo y se había burlado de las tradiciones de Samarqara. Pero, en lugar de vengarse, había caído otra vez en la tentación de besarla y, cuando se dio cuenta de lo que estaba haciendo, se apartó de forma brusca.

—Lo siento. No debería haberte besado.

—Eso es verdad —dijo ella, estremecida.

Él suspiró.

—A partir de mañana, harás lo posible para que mi pueblo te odie. Tienen que ponerse en contra tuya. Tienen que rogarme que me case con otra.

—¿Y qué puedo hacer?

Él sonrió con crueldad.

—Bueno, fíjate en Laila y haz lo contrario que ella.

—¿Te vas a casar con Laila?

—Sí.

Beth se mordió el labio inferior.

—He visto que estaba junto al visir durante la cena, y he notado que...

—¿Qué?

—Nada, olvídalo. No importa —dijo ella, sacudiendo la cabeza—. Buenas noches.

Omar abrió la puerta que daba a sus habitaciones; pero, antes de marcharse, dijo:

–Echa el cerrojo cuando salga.

–¿Por qué? ¿Es que tienes miedo de no poder controlarte?

–Recuerdo muy bien lo que se siente al hacer el amor contigo, Beth. Y soy rey, pero también soy un hombre.

Ella lo miró a los ojos, extrañamente halagada por su afirmación.

–Está bien. Me encargaré de que tu pueblo me odie.

Omar asintió y cerró la puerta. Segundos después, oyó que ella echaba el cerrojo. Y, cuando se metió en la cama, pensó que cambiar la opinión de su pueblo no iba a ser tan difícil como cambiar la suya.

Al fin y al cabo, él también tendría que aprender a odiarla.

Beth cumplió su palabra y, durante los días siguientes, hizo lo contrario de lo que hacía Laila. Como la joven aristócrata siempre estaba elegante, ella se vestía de manera informal. Como la joven aristócrata solo hablaba con sus amigos, sus empleados y los nobles, ella hablaba con todo el mundo, y hasta se dedicaba a jugar con niños en la calle.

Pero eso no era tan terrible como lo que ocurría de noche, cuando se retiraban. Entonces, él cerraba la puerta que separaba sus respectivas habitaciones y ella echaba el cerrojo, para desesperación de Omar.

Beth lo estaba volviendo loco. ¿Cuánto tiempo podría soportar la tortura de tenerla en palacio?

Su paciencia se agotó el día de las audiencias públicas, que celebraba una vez al mes. Sus súbditos iban a palacio y le contaban sus problemas y preocupaciones; pero no era normal que se presentaran con niños y, cuando se encontró delante de siete, preguntó a sus padres, extrañado:

–¿Quieren hablar conmigo?

–No, queríamos hablar con la doctora Farraday –contestó humildemente el padre–. Queremos darle las gracias.

–Por salvar a nuestro hijo –intervino su esposa–. ¿Podríamos verla, Majestad? Le hemos traído un regalo.

–Por supuesto –dijo Omar, que hizo un gesto a los guardias–. Por favor, háganla entrar.

Beth se presentó tan sexy como de costumbre, con un vestido de tubo completamente inapropiado para la corte, unos zapatos de tacón alto y el pelo por encima de los hombros. Cualquiera habría dicho que, en lugar de estar en un palacio, estaba en Ibiza, Coachella o Glastonbury. Pero se dirigió a la familia con tanta amabilidad como respeto.

El plan no podía ir peor. En lugar de conseguir que la gente la odiara, conseguía que la quisieran más. Y la familia de los siete hijos, con quien estuvo hablando un buen rato, no fue una excepción. De hecho, todos los presentes se quedaron encantados con ella; todos menos Khalid y Hassan al Abayyi, que parecían bastante molestos.

Para empeorar las cosas, Omar la deseaba más cuanto más la miraba, y su desesperación llegó a tal extremo que, cuando Beth se despidió de la familia, él también decidió marcharse.

–¿Tan pronto, Majestad? –preguntó el visir–. Tenemos reunión del Consejo.

–Y mucho que discutir –intervino Hassan–. Las empresas petrolíferas quieren saber si vamos a permitir que exploten los yacimientos del oeste.

–Hablaremos en otro momento.

Omar salió disparado del salón del trono en busca de Beth, a quien alcanzó rápidamente con sus grandes zancadas. Estaba en uno de los pasillos y, cuando llegó a su altura, la agarró del brazo y la obligó a girarse hacia él.

–No puedes vestirte así.

Beth lo miró con sorpresa.

–¿No dijiste que quieres que me odien? Pensé que, si me vestía de forma atrevida…

Él suspiró.

–Esto es insoportable. ¿Estás embarazada o no? –preguntó, ardiendo en deseos de quitársela de encima.

–Aún no lo sé.

–¿Y cuándo lo sabrás?

–Uno de estos días.

Omar clavó la mirada en su escote y tragó saliva, excitado.

–Anda, cámbiate de ropa –le ordenó.

–¿Por qué? ¿Es que el truco no está funcionando?

Él la odió con todas sus fuerzas.

–A veces me gustaría que fueras tu hermana.

–Pues no lo soy, y nunca lo he sido.

Beth lo miró con tristeza y, a continuación, salió corriendo escaleras arriba, como si la hubiera herido profundamente. Omar la siguió otra vez y, aunque ella se metió en su habitación e intentó cerrarle la puerta en las narices, él se le adelantó y entró de todas formas.

–Todo el mundo quiere a mi hermana –dijo ella, sentándose en un sofá–. La quieren en cualquier caso, aunque no haga nada por conseguir su afecto. Mis padres, mi abuela, todos. Por mal que los trate, la siguen queriendo. Pero yo…

Beth dejó la frase sin terminar y, tras mirarla un momento, Omar se acercó al mueble bar, sirvió dos bebidas y le llevó una.

–Toma –dijo.

–No debería beber.

–No te preocupes. Lo tuyo es un refresco –declaró él–. Por si estás…

–¿Embarazada de ti?

Omar guardó silencio.

–Sería un desastre, ¿verdad? –continuó Beth–. Necesitas una reina inteligente, brillante y con éxito, no una chica normal y corriente.

Él asintió.

–Samarqara se ha convertido en un país próspero y estable, pero no siempre ha sido así. En los tiempos de mi abuelo, estábamos continuamente en guerra. Y mi padre era un hombre débil, que siempre hacía lo que los nobles deseaban.

–Pero tú cambiaste todo eso –le recordó ella.

Omar dio un trago de su copa, deseándola más que nunca.

–¿Viste las noticias de ayer? –dijo, cambiando de tema a propósito–. Sia Lane afirma que no se prestó al mercado de novias porque quisiera ser reina, sino porque le han ofrecido un papel de aristócrata y necesitaba investigar para interpretar mejor su personaje.

–¿Ha dicho eso? –preguntó Beth, asombrada.

–Sí. Pero, cuando el periodista se interesó por el nombre de la película, no supo qué contestar.

–Es incluso más gracioso que lo de Anna y Taraji –replicó Beth, refiriéndose a la abogada de Sídney y a la ejecutiva de Silicon Valley.

–¿Qué pasa con ellas?

–Que han dejado sus trabajos. Eso es lo que querían… dejar de trabajar –comentó Beth–. Anna se ha comprado un viñedo en Nueva Zelanda, y Taraji ha abierto un centro de yoga en Marin.

Beth sonrió, y Omar le devolvió la sonrisa.

–De todos modos, me parece normal que Sia Lane mienta. No quiere que la gente se ría de ella –dijo Beth, mirando su refresco–. En su mundo, lo único que importa es el dinero, el poder y la fama; cosas con las que yo no sabría hacer nada, aunque las tuviera.

–Hay otras formas de tener éxito en la vida –dijo Omar–. Fíjate en mí. ¿Qué soy yo?

–Un rey.

–Que heredó el trono de su padre, quien a su vez lo heredó del suyo –le recordó–. Pero ser rey de Samarqara equivale a ser un servidor del pueblo. ¿Y qué gloria puede tener un simple servidor?

–Toda la del mundo. Sacrificarse por los demás es la mayor gloria de todas, aunque muchos no se den cuenta.

–Pero tú lo entiendes.

–¿Yo? ¿Por qué dices eso? Yo no me he sacrificado por nadie.

Él arqueó una ceja.

—No has dejado de sacrificarte desde que llegaste a mi país. Ayudas a la gente y te preocupas por ellos. No fuiste a París porque quisieras ver la ciudad, ¿verdad? Te hiciste pasar por tu hermana porque te lo pidió. Lo hiciste por Edith.

—Es mi hermana. Mis padres murieron en un accidente de tráfico cuando éramos una niñas y, como mi abuela también ha fallecido, solo nos tenemos la una a la otra.

Omar dio otro trago de su copa.

—Mi experiencia familiar no se parece nada a la tuya. Cuando mi hermano murió, mi padre buscó alivio en sus amantes y en las carreras de coches, y mi madre se hundió en una depresión tan profunda que no salía nunca de su habitación. De hecho, me envió a un internado de los Estados Unidos porque ni siquiera soportaba mirarme. Le dolía demasiado.

Él se detuvo un momento y siguió hablando.

—Luego, cuando a los veintiún años subí al trono de Samarqara, descubrí que los nobles estaban saqueando el presupuesto del Estado y que vivían a lo grande a costa de los pobres. Al saberlo, me juré que yo no sería tan débil como mi padre. Pero me empezaron a presionar para que tuviera un heredero, y no se me ocurrió mejor idea que casarme con la hija de una de las familias más importantes del país.

—¿Y qué pasó?

—Que aceptó el matrimonio, claro. No tenía más remedio. Pero el día antes de la boda, Ferida al Abayyi se fue al desierto y se suicidó para no tener que casarse conmigo.

Beth soltó un grito ahogado.

—Qué horror…

—Dejó una nota donde afirmaba que se había quitado la vida porque estaba enamorada de otro.

—¿Y por qué no lo dijo?

Omar soltó una carcajada seca.

—Porque ninguna mujer se podía negar a casarse con el rey. Si yo lo hubiera sabido antes, no habría pedido su mano, pero Hassan me aseguró que su hija estaba enamorada de mí y que lo disimulaba porque era tímida —dijo, sacudiendo la cabeza—. En cualquier caso, la muerte de Ferida lo cambió todo. Y cuando encontraron su cadáver en el desierto…

—¿Quién era el hombre del que estaba enamorada?

—No lo sé, aunque no me habría extrañado que fuera un mozo de cuadra. Solo tenía dieciocho años cuando se suicidó —respondió Omar con tristeza—. Naturalmente, cambié la legislación para que las mujeres se pudieran casar con quien quisieran. Y, desde entonces, cada vez que mis consejeros me pedían que me casara, me negaba en redondo.

—¿Por eso organizaste el mercado de novias?

Omar asintió.

—Tenía que asegurarme de que mi futura reina se casaría conmigo por voluntad propia.

—Y yo lo estropeé al hacerme pasar por Edith —dijo Beth, sintiéndose culpable—. Pero ¿nunca consideraste la posibilidad de casarte por amor?

—¿Por amor? Pensé que estaba enamorado de Ferida, y mira lo que pasó. El amor te ciega. El amor te vuelve imprudente y cruel.

—No el amor verdadero —susurró Beth.

–¿El amor verdadero? ¿Qué es eso?

–Que la felicidad de otra persona te importe más que la tuya.

Omar se puso tenso al instante.

–Amo a mi país, Beth. Mi corazón no tiene espacio para nada más.

Ella apartó la mirada y dijo:

–Qué curioso. Tú ni siquiera quieres que te amen, y yo no he deseado nunca otra cosa. Pero puede que algún día encuentre a la persona que busco. Puede que nos enamoremos y que estemos juntos para siempre.

A Omar se le hizo un nudo en la garganta.

–En ese caso, espero que no estés embarazada, porque quiero que seas feliz.

Luego, él dio media vuelta y salió de la habitación sin mirar atrás.

Capítulo 9

A LA MAÑANA siguiente, Omar estaba a punto de iniciar una ronda de negociaciones con una multinacional del petróleo cuando recibió una llamada de la única persona que tenía permiso para interrumpirlo, Beth.

—¿Ocurre algo? —preguntó él.

—No, nada… —contestó ella con voz temblorosa.

Omar se preocupó al instante.

—¿Qué te pasa? —insistió.

A Beth se le quebró la voz definitivamente, así que él se giró hacia el resto de las personas que estaban en la habitación y les pidió que se marcharan.

Los poderosos empresarios se miraron con sorpresa, pero asintieron y salieron de la habitación. Solo se quedó el visir, escuchando.

—¿Y bien? —continuó entonces Omar.

—Sabes que hoy tenía que cortar la cinta en la inauguración de la nueva clínica, ¿verdad? —dijo ella, al borde de las lágrimas.

—Sí, lo sé.

—Pues todo iba bien hasta que alguien empezó a gritar que yo no soy la doctora Farraday y que no merezco ser reina. No supe qué hacer. Me quedé helada. Y luego, me empezaron a tirar todo tipo de cosas, piedras incluidas.

Omar se puso furioso al saberlo.

–Quédate donde estás. Voy a buscarte ahora mismo.

–No, no te preocupes. Estoy bien. Tu guardaespaldas me está llevando a palacio en este mismo momento... pero alguien tendrá que limpiar la parte trasera de tu Rolls Royce, porque me han lanzado hasta tomates.

–Te estaré esperando cuando llegues.

Omar cortó la comunicación, y Khalid le preguntó:

–¿Qué ha pasado, Majestad?

–Que alguien se ha enterado de lo de Beth.

–¿Cómo?

–No lo sé –respondió él–. Averigüe quién ha filtrado la noticia.

–Por supuesto.

Omar no podía estar más tenso cuando salió de la habitación a grandes zancadas. Llevaba los puños apretados, y había tal furia en sus ojos que los criados se apartaban de su camino. Casi temblaba de ira cuando llegó a la puerta trasera de palacio, que estaba entre el garaje y uno de los jardines.

Una vez allí, esperó a que llegara el coche y se puso a caminar entre las palmeras. No era un hombre que estuviera acostumbrado a esperar. No había esperado a nadie desde que había ascendido al trono. Pero Beth era diferente.

¿Cómo era posible que la hubieran atacado?

Todo parecía normal por la mañana, cuando se fue con una indumentaria tan inapropiada como el ajustado vestido de París: una camiseta a rayas y un mono de color blanco, con el pelo recogido en una coleta.

Parecía encantada de asistir a la inauguración de la clínica. De hecho, había practicado unas cuantas palabras en su idioma para poder dar un corto discurso durante el desayuno que iban a servir, y las había repetido una y otra vez en voz alta, decidida a hacerlo bien y no repetir el desastroso episodio del burro.

Conociéndola, se la imaginó sonriendo y hablando con todo el mundo con su naturalidad habitual, exacerbada aquel día por el mono blanco y su aspecto general, como de estudiante de Bellas Artes. Pero, por algún motivo, alguien la había insultado y le había lanzado piedras y tomates.

No se lo podía creer.

—¡Majestad! —exclamó el visir, que reapareció entonces—. ¡La prensa lo sabe todo! Está en todas las noticias. Y la gente dice que, si se casa con esa mujer, demostrará que es un hombre débil y un estúpido.

Omar arqueó una ceja.

—¿La gente?

—Los nobles —puntualizó Khalid—, pero tengo la impresión de que el pueblo también se está volviendo contra ella. ¿Qué debo decir a los periodistas? ¿Quiere que anuncie que rompe su relación para casarse con Laila al Abayyi?

—Aún no sé si la reina está embarazada, Khalid.

—¿Cómo puede llamar «reina» a una simple dependienta?

Omar lo miró con tanta ira que el visir retrocedió.

—¿Me cree capaz de abandonar a una mujer que podría estar embarazada de mí? ¿Piensa acaso que no tengo honor?

—Discúlpeme, Majestad. Solo intentaba…

–Sé lo que intenta hacer, Khalid.

–¿Lo sabe? –dijo el visir, sorprendido.

–Servir al trono, como siempre. Y, en reconocimiento a sus muchos años de servicio, estoy dispuesto a perdonar su insulto.

En ese momento, Omar vio el Rolls Royce y corrió hacia él tan rápidamente que llegó al vehículo antes de que Beth pudiera abrir la portezuela. Estaba tan pálida que se asustó al verla. Y su mono blanco estaba lleno de manchas de tomate, rojas como la sangre.

–Estoy bien, Omar. No me ha pasado nada –dijo mientras él la abrazaba–. Pero apártate de mí, o te mancharás el traje.

–Eso no importa –replicó él–. Aunque me temo que tenemos un problema. La prensa ha descubierto quién eres.

–Ahora entiendo que la clínica estuviera llena de periodistas.

–Te prometo que descubriré al culpable de la filtración.

–Olvídalo. Estoy bien –insistió ella.

Omar la miró con ansiedad, como si no pudiera creérselo.

–¿Te ha dado alguna piedra?

–No. Afortunadamente, los que lanzaban piedras tenían mala puntería. Pero los de los tomates eran bastante mejores –replicó ella, mirándose el mono.

–Bueno, te llevaré a tu habitación para que descanses, y llamaré al médico para que te examine.

–No hace falta. Solo estoy asustada, nada más.

–Quiero que te examine de todas formas.

Omar habló con uno de sus guardaespaldas y le pidió que llamara al médico. Luego, llevó a Beth a su habitación y, una vez allí, la acompañó al cuarto de baño, abrió el grifo de la ducha y la empezó a desnudar.

–El médico llegará en cualquier momento.

–¿Es un hombre?

–No, es una mujer, la doctora Nazari. Los médicos de la reina siempre son mujeres.

Cuando terminó de desnudarla, Omar la metió en la ducha y salió del cuarto de baño, porque tenía miedo de no poder controlar su deseo si se quedaba con ella. Y minutos después, apareció la doctora.

–¿Han herido a Su Majestad? –preguntó la mujer.

–Creo que no, pero examínela de todos modos –contestó Omar–. Por cierto… si está embarazada, le agradecería que me lo dijera.

–Se lo diré si ella me lo permite.

–Está bien.

Omar se fue a su habitación, donde apoyó la cabeza en una pared y soltó un suspiro de desesperación. Por una parte, estaba deseando que Beth se hubiera quedado embarazada y por otra, le daba miedo. Pero, sobre todo, se sentía culpable por haberla convertido en su reina y haberla obligado a abandonar su país y su hogar.

¿Y para qué? No tenía sentido, porque a Beth no le importaban ni el poder ni el dinero ni la fama. Solo quería amor. Y él no se lo podía dar.

Poco después, la doctora llamó a la puerta y entró.

–¿Y bien? –preguntó Omar, nervioso.

–Su Majestad está perfectamente. Solo tiene unos cuantos arañazos, aunque podría haber sido peor. Me ha dicho que quiere hablar con usted.

Omar asintió y volvió a las habitaciones de la reina. Beth se había puesto un pijama y se había metido en la cama, así que él se acercó y se sentó a su lado.

–La doctora tiene buenas noticias. Dice que estás bien –declaró, intentando parecer animado–. Te recuperarás pronto.

Beth respiró hondo.

–Yo también tengo noticias para ti. No estoy embarazada.

Omar la miró con desconcierto durante unos segundos. Con desconcierto y con algo que a Beth le pareció tristeza.

–¿Estás segura?

Ella asintió, triste.

–Sí. Lo siento, Omar.

A pesar de todo, Beth había sido muy feliz durante las últimas semanas. Siempre había querido ayudar a la gente, y ser reina de Samarqara le daba esa oportunidad. Incluso estaba aprendiendo el idioma del país, ávida por poder comunicarse. Le gustaba hablar con los estudiantes, con los trabajadores, con los ancianos que se encontraba por la calle. Hacían que se sintiera querida, como si aquel fuera su hogar.

Pero todo eso había cambiado de repente.

Beth miró a Omar, que se había sentado con ella en la cama. Estaba muy serio. Aparentemente, no sabía qué decir. ¿Se estaría alegrando de su desgracia? ¿La vería como una forma perfecta de romper con ella y casarse con Laila?

Fuera como fuera, no podía negar que había hecho un gran trabajo por su país. Se había ganado el afecto de sus compatriotas, y había sacado a Samarqara del subdesarrollo. Se esforzaba por tener un aspecto frío y distante, pero su fachada exterior ocultaba un gran corazón y una férrea voluntad de mejorar la vida de sus súbditos, aunque implicara sacrificar su felicidad personal.

Y la felicidad de ella.

Sin embargo, eso carecía de importancia, porque estaba convencida de que no la quería y de que nunca la querría.

Durante muchos años, había pensado que no se merecía el amor, que no era especial, que era demasiado vulgar para eso; pero su estancia en Samarqara había cambiado las cosas, y ahora se daba cuenta de que había hecho tantos méritos para conocer el amor como cualquiera.

Y quería conocerlo, aunque tuviera que dejar atrás al hombre del que precisamente estaba enamorada, al hombre con el que deseaba pasar el resto de su vida, al hombre que había conquistado su alma.

—Lo siento, Omar —repitió.

Él se encogió de hombros.

—Pues yo me alegro. Tienes lo que querías. Vuelves a ser libre.

Beth bajó la mirada, intentando no llorar.

—¿Qué tenemos que hacer para divorciarnos? —preguntó.

Omar se estremeció de forma casi imperceptible.

—No te preocupes por eso. No hay ninguna prisa.

No tengo intención de echarte de aquí como si fueras...

—¿Por qué no? —lo interrumpió ella—. Cuanto antes, mejor. Si no haces algo, se organizará un buen escándalo.

Omar la miró a los ojos.

—Beth, ¿hay alguna razón por la que no deba divorciarme de ti?

—No, ninguna —dijo ella, apartando la vista—. Me iré hoy mismo.

—Al menos, deja que llame a mis abogados para que te ofrezcan un acuerdo justo.

—No necesito tu dinero.

—Beth, no hace falta que...

—Por favor, Omar. Deja que me vaya.

Omar respiró hondo, la miró detenidamente durante unos segundos y la tomó de la mano. Beth intentaba convencerse de que estaban haciendo lo correcto; pero, si eso era verdad, ¿por qué se sentía tan mal?

Entonces, él abrió la boca y pronunció unas palabras en su idioma, que ella no entendió. Luego, clavó la vista en sus ojos y dijo:

—Repite lo que acabo de decir.

Ella lo repitió, haciendo un esfuerzo por refrenar las lágrimas y otro aún mayor por no abalanzarse sobre él y preguntarle por qué no la quería.

Omar respiró hondo y le soltó la mano.

—Bueno, ya estamos divorciados.

Ella tragó saliva.

—¿Así como así?

—Tan fácilmente como nos casamos, aunque tendrás que firmar los documentos de mis abogados para que todo sea legal. Los llevaremos al notario esta tarde, y el divorcio será oficial a partir de ese momento.

–Ah.

Él le acarició la mejilla y sonrió con dulzura.

–Te mereces todo lo mejor, Beth. Te mereces seguridad, te mereces ser libre y, sobre todo, te mereces que te amen. Te mereces muchas cosas que yo no te puedo dar –dijo, dándole un beso en la frente–. Adiós, *habibi*.

Un segundo después, Omar se levantó y salió de la habitación.

Omar se sintió desfallecer una hora más tarde, cuando Beth salió de palacio con los criados que llevaban su equipaje.

Pegado a un balcón de la sala del trono, intentó convencerse de que era lo mejor. Beth tenía razón. Ahora sabían que no estaba embarazada, y habría sido absurdo que alargaran aquella tortura. Sobre todo, cuando su presencia en Samarqara podía ser peligrosa para ella y para el propio país.

Sin embargo, las palabras que habían formalizado su divorcio le habían sabido a ceniza. Y ahora, al verla marchar, se estremeció de tristeza. Ardía en deseos de salir en su busca, tomarla entre sus brazos y no volverla a soltar.

Por eso le había preguntado si había alguna razón por la que no debiera divorciarse de ella. Esperaba que le diera alguna, la excusa que necesitaba. Pero ella había dicho que no y le había rogado que la dejara marchar.

¿Qué podía hacer en tales circunstancias? No la podía obligar a quedarse allí, sometida al odio de unas gentes que le lanzaban piedras y tomates. No la podía obligar a quedarse con un hombre que no habría sabido cómo amarla en ningún caso, lo cual incluía el hipotético e imposible caso de no ser rey de Samarqara.

Sencillamente, no podía arruinar la vida de otra mujer y limitarse a mirarla mientras ella se apagaba poco a poco y, al final, se marchaba al desierto para morir.

No obstante, y a pesar de las objeciones de Beth, se había encargado de que sus abogados la indemnizaran convenientemente por lo sucedido. Cuando llegara a Houston, tendría unos cuantos millones en su cuenta bancaria. Y su hermana la estaría esperando, porque además de haber dado la orden de que la dejaran marcharse de la isla caribeña, le había enviado su avión privado.

—¿Majestad?

Omar se giró al oír la voz de Khalid.

—La dependienta se ha ido —le informó el visir—. ¿Quiere que hablemos sobre su compromiso con Laila al Abayyi?

—No habrá ningún compromiso.

—¿Cómo? Tiene que casarse. ¡El país necesita una mano firme!

Omar bajó la mirada.

—No me ha entendido bien, Khalid. He dicho que no habrá compromiso porque no es necesario que esperemos. Si Laila quiere ser reina, celebraremos la boda tan pronto como sea posible.

El rostro del visir se iluminó.

—¡Cuánto me alegro, Majestad!

—Pensándolo bien, que sea mañana mismo. Quiero terminar con esto cuanto antes.

Capítulo 10

ETH se dijo que estaba haciendo lo correcto. Lo único que podía hacer.

Se lo dijo una y otra vez durante el largo viaje a Houston, mientras contemplaba Europa por la ventanilla y después, las grises aguas del Atlántico. Omar se merecía una esposa mejor, una reina mejor, una a la que no lanzaran piedras.

Sí, estaba haciendo lo correcto. Pero, si eso era verdad, ¿por qué se sentía como si le hubieran arrancado el corazón?

Cuando aterrizó en el aeropuerto de Houston, estaba más deprimida que nunca. Salió de la terminal tan fuera de sí que ni siquiera se sorprendió cuando vio que una limusina la estaba esperando. Se limitó a quedarse a un lado mientras el chófer guardaba su escaso equipaje en el maletero y, cuando fue a sentarse en el asiento de atrás, descubrió que no estaba sola.

—¡Beth! —exclamó su hermana, abrazándose a ella.

Beth se quedó atónita, y las lágrimas que había podido refrenar durante el viaje llegaron por fin a sus ojos.

Naturalmente, Edith intentó animarla.

—Lo siento mucho, Beth. Ha sido culpa mía. No debí pedirte que fueras a París.

Beth se secó las lágrimas con desesperación.

–No, no ha sido culpa tuya. Tú no tuviste nada que ver con lo que pasó después. Pero ¿qué estás haciendo aquí?

–Tu rey me envió su avión privado para que vinieras a recibirte. No quería que estuvieras sola –contestó Edith.

El chófer arrancó en ese momento, y a Beth se le hizo un nudo en la garganta.

–Maldito canalla...

Edith la miró con perplejidad.

–Omar solo estaba preocupado por ti.

Beth pensó que eso era lo peor de todo: saber que se preocupaba por ella.

Pero, preocupado o no, había permitido que se marchara. No la quería. O, por lo menos, no la quería lo suficiente.

–¿Estás contenta de haber vuelto? –continuó Edith.

Beth se giró hacia la ventanilla e intentó sentirse mejor al ver los edificios de Houston, que a fin de cuentas era su hogar. Pero echaba de menos la capital de Samarqara y, como no quería pensar en ello, miró a su hermana y cambió de conversación.

–Estás muy morena.

Edith sonrió de oreja a oreja.

–Sí, ¿verdad? He descubierto que las vacaciones no me molestan tanto como creía. Sobre todo, después de haber conocido a Michel.

–¿Michel?

–Es jardinero en la mansión de tu rey. Bueno, es jardinero y músico –respondió Edith con los ojos brillantes–. Y extremadamente hábil con las manos.

Beth se quedó boquiabierta, consciente de lo que había querido decir.

–¡Oh, Edith!

–Nunca había estado enamorada. Creía que el amor era una pérdida de tiempo Pero ahora, estoy deseando volver del trabajo para que Michel me cante canciones con su guitarra y… bueno, ya sabes –dijo, ruborizándose un poco.

–Me alegro mucho por ti.

Era verdad. Se alegraba sinceramente de que Edith hubiera encontrado el amor. ¿Cómo no se iba a alegrar, si era su hermana? Pero eso no mitigó su dolor, el dolor de haber perdido al hombre de su vida.

Al cabo de unos minutos, llegaron a la calle donde vivía Beth, y se llevó una sorpresa de lo más desagradable al ver que todo estaba lleno de periodistas.

–¿Qué ha pasado?

–Que eres famosa.

–¿Quién? ¿Yo? ¡Sáquenos de aquí! –gritó al chófer, horrorizada–. ¿Cómo es posible que sea famosa en Houston?

–Todo el mundo quiere conocer la historia de la dependienta que se hizo pasar por su hermana gemela, conoció a un rey y se ganó su afecto contra la competencia de una actriz como Sia Lane –dijo su hermana, sonriendo con ironía–. Pero no te quejes, que yo tampoco puedo ir a mi casa. Michel y yo hemos tenido que mudarnos temporalmente a un hotel.

–Oh, no…

–Los periodistas están tan pesados que hasta llaman al laboratorio. Aunque huelga decir que no les interesa mi historia, sino la tuya.

–No sabes cuánto lo lamento.

–Están ansiosos por hablar contigo. Tienes ofertas de editoriales y de cadenas de televisión. ¿No has mirado tu teléfono?

Beth había apagado el móvil y, cuando lo encendió, descubrió que tenía alrededor de cuarenta llamadas perdidas y un número muy superior de mensajes. Pero, por muy desconcertante que fuera eso, se quedó aún más desconcertada segundos después, al conectarse a su red social preferida.

–¡Tengo ocho millones de seguidores! ¿Qué está pasando aquí?

–Ya te lo he dicho… que eres famosa, hermanita –respondió Edith–. Todos quieren conocerte. Eres especial.

–¿Y qué voy a hacer? Ni siquiera podré volver al trabajo. La gente me seguirá a todas partes.

–Bueno, no creo que tengas que preocuparte por el trabajo.

–¿Que no? Solo me quedan cuarenta dólares en la cuenta bancaria. Y no estoy dispuesta a vender la historia de Omar a la prensa.

Su hermana la miró como si pensara que se había vuelto loca.

–¿Estás segura de que solo te quedan cuarenta dólares?

–¿Por qué me preguntas eso?

–Porque tu rey me llamó por teléfono y me dijo que no tendrías que volver a trabajar en toda tu vida. De hecho, me pidió el número de tu cuenta bancaria –contestó–. Si yo estuviera en tu lugar, la miraría.

Beth se conectó al banco donde tenía la cuenta y

comprobó el saldo. Para su asombro, los cuarenta dólares que había dejado en ella se habían convertido en cincuenta millones.

–Oh, Dios mío –dijo, sintiéndose mareada–. ¿Por qué habrá hecho eso? Bueno, no importa, te transferiré el dinero y…

–De ninguna manera. Su Majestad fue bastante claro al respecto. Ese dinero es tuyo y solo tuyo. Pero no te preocupes por mí –añadió Edith con una sonrisa–. Me ha dado lo suficiente para investigar durante diez años.

En ese momento, Beth recibió otro SMS. Era de Wyatt, el novio que la había abandonado porque no la encontraba interesante.

–No me lo puedo creer. Wyatt me ha escrito para pedirme que le dé otra oportunidad.

–No me extraña en absoluto. A decir verdad, siempre he sentido envidia de ti.

–¿Envidia de mí?

–Por supuesto. Me gustaría ser como tú y vivir la vida con la alegría que tú tienes. Haces feliz a la gente, aunque creo que no te das cuenta.

–Oh, vamos, lo tuyo es más importante. Intentas curar el cáncer.

–Lo intento, aunque empiezo a pensar que no descubriré nada. Es como intentar alcanzar el horizonte. Pero me siento mucho mejor desde que conocí a Michel. No sabía que las relaciones pudieran ser tan placenteras.

–¿Te refieres al sexo?

–Al sexo y al amor –respondió su hermana–. Y, hablando de amor, supongo que estás enamorada de tu rey, claro.

Beth se estremeció.

No debía estar enamorada de Omar. Él era un rey multimillonario y ella, una dependienta del oeste de Texas.

Desde luego, lo admiraba; e, indiscutiblemente, lo deseaba. Pero ¿qué mujer no se habría sentido atraída por un hombre como Omar?

Y también eran amigos. Se preocupaba por él. Lo respetaba. Le habría confiado su vida. Era la primera persona en la que pensaba después de dormir, y la última en la que pensaba antes de acostarse.

Quería que fuera feliz. Lo quería con toda su alma.

Entonces, ¿a quién pretendía engañar? Por supuesto que estaba enamorada de él.

Derrotada, sacudió la cabeza y respiró hondo. Había intentado convencerse de lo contrario, pero ya no lo podía negar.

—¿Qué te pasa, Beth?

—Que lo amo.

Edith frunció el ceño.

—Sí, ya me lo imaginaba. Pero, si lo amas, ¿por qué te has ido?

—Porque no me quiere.

—Eso es rotundamente falso. Los hechos demuestran que está loco por ti.

—Tú no lo entiendes —dijo Beth, sacudiendo la cabeza—. Se debe a su país, y su pueblo me odia.

—Por lo que he oído, eso tampoco es cierto. Te echan mucho de menos.

—¡Pero si me lanzaron piedras!

—¿Todos?

—No, solo unas cuantas personas.

–¿Y crees que unas cuantas personas son un pueblo entero? –preguntó su hermana–. Deberías volver,
Beth. Volver y luchar por el hombre al que amas.

–Omar no está enamorado de mí. ¿Cómo quieres
que te lo diga?

–Beth, ¿le has dicho lo que sientes?

–No.

–Pues díselo.

–¿Para qué? ¿Para arriesgarme a que me rechace?

–¿Sabes cuántas veces me han rechazado a mí?
Más de las que puedo recordar. Pero son cosas normales, cosas de la vida. Además, el fracaso forma parte
del éxito. Hay que arriesgarse. Y, cuando creas que ya
no tienes más fuerzas, hay que sacar fuerzas de donde
sea –comentó su hermana.

Beth miró a Edith con sorpresa.

–Ese es uno de tus problemas, Beth –continuó–.
No te arriesgas nunca. No lo hacías ni cuando éramos
niñas, porque tenías miedo de acabar como yo, encerrada en un laboratorio y ajena al resto del mundo. Me
utilizabas como excusa para no ser quien eres.

–No, eso no es verdad. Te utilizaba como ejemplo,
y eso es lo que sigues siendo. Descubriste lo que amas
y te entregaste a ello en cuerpo y alma –replicó–. En
cuanto a mí, no quería arriesgarme porque estaba esperando el amor. Y no lo he encontrado… Bueno, ahora
sí.

Beth siempre se había considerado una chica vulgar, que no destacaba en ningún aspecto: una estudiante mediocre que era incapaz de terminar sus estudios y una mujer mediocre que no gustaba a los
hombres. Y se culpaba a sí misma, pensando que no

se esforzaba lo suficiente o, peor aún, que nunca sería suficientemente buena.

Pero, en realidad, no había fracasado. Nunca había querido una carrera y, en cuanto a los hombres, no le gustaba ninguno de los que la habían rechazado.

Y luego, al llegar a Samarqara, se había producido el milagro que estaba esperando desde su adolescencia. Había encontrado el amor, un trabajo que le gustaba y un sitio en el que podía ser feliz.

Por desgracia, estaba tan acostumbrada a rendirse que no había luchado lo suficiente.

Pero eso iba a cambiar.

Volvería y lo intentaría de nuevo. Se arriesgaría. Y, si Omar se burlaba de ella y la rechazaba definitivamente, lo asumiría y seguiría adelante con su vida. En cualquier caso, se merecía saber que lo amaba; y ella se merecía decírselo.

Durante todo ese tiempo, se había repetido a sí misma que no estaba a la altura de lo que Omar esperaba. Y se había mentido a sí misma, porque, ¿quién podía ser más adecuada para él que la mujer que lo amaba con locura?

—Por favor, lléveme de vuelta al aeropuerto —dijo al chófer.

—¿Vas a volver?

—Sí, volveré a Samarqara y hablaré con él.

Justo entonces, sonó el teléfono de Beth y, cuando vio el prefijo de Samarqara, pensó que sería Omar; pero era Rayah, su doncella.

—¡Majestad, tiene que volver enseguida!

—¿Por qué? ¿Es que ha pasado algo? ¿Y por qué hablas en voz baja?

–Porque la llamo desde un armario, para que nadie me pueda oír. Aún no ha amanecido, pero ya lo están preparando todo para la boda del rey.

–¿Se va a casar? ¿Tan pronto?

–Sí, pero no la llamo por eso…

–Entonces, ¿por qué?

–Porque he oído una conversación cuando estaba en el jardín. El visir y Laila al Abayyi tienen intención de matar a Su Majestad después de la boda. Le van a echar veneno en la copa –respondió la joven.

–¿Cómo? –exclamó Beth, espantada–. ¡Tienes que avisarle!

–Lo he intentado, pero no quiere ver a nadie.

–¡Pues díselo a la gente! ¡Que asalten el palacio si es necesario!

–Si hicieran eso, el visir tendría la excusa que necesita para dar un golpe de Estado. De hecho, ha aislado al rey sin que él lo sepa. Usted es la única que podría acceder a sus habitaciones.

–¿Cuándo lo van a envenenar?

–A medianoche, en los jardines de palacio.

Beth le prometió que volvería inmediatamente y cortó la comunicación.

–¿Qué ocurre? –preguntó Edith.

–Que Omar está en peligro. ¡Dese prisa, por favor! –gritó al chófer.

Beth se conectó a Internet con el teléfono móvil para comprobar los vuelos a Samarqara; pero no había ningún vuelo comercial hasta varias horas después y, por si eso fuera poco, hacía escala en Europa.

Desesperada, se pasó una mano por el pelo.

¿Por qué lo había tenido que abandonar? ¿Por qué

se había marchado? Ahora, corría el riesgo de perder a Omar para siempre.

—¡Maldita sea! ¡No llegaré a tiempo!

—Por supuesto que llegarás. Has descubierto que estás enamorada de él, y dicen que el amor lo puede todo.

Justo entonces, Beth tuvo una idea.

—¡Gire aquí, por favor!

—¿Ha cambiado de opinión, señorita? —preguntó el chófer.

—No, pero habrá un ligero cambio de planes. En lugar de ir a la terminal internacional, iremos a la privada.

—Como quiera.

Beth tenía la esperanza de que el avión privado de Omar, el que había enviado a Edith para sacarla del Caribe, siguiera allí; y soltó un grito de alegría al verlo en la pista, junto a un camión que se alejaba. Al parecer, habían cargado los depósitos de combustible con intención de volver a Samarqara.

Ni corta ni perezosa, se bajó del coche con su hermana y se dirigió a los pilotos, que aún no habían subido al aparato.

—¡Tienen que llevarme a Samarqara!

Los pilotos se miraron, desconcertados.

—Lo siento, pero el visir ha dicho que…

—No me importa lo que el visir haya dicho. El rey está en peligro. ¡Les pagaré cincuenta millones de dólares si me llevan!

Los hombres no supieron qué decir. Se quedaron donde estaban, más sorprendidos que antes. Pero Beth subió al aparato en compañía de su hermana, se acomodó en uno de los asientos y exclamó, más decidida que nunca:

–¡Despeguen de una vez!

Los pilotos asintieron y obedecieron por fin.

–Vaya, no sabía que fueras capaz de ser tan tajante –dijo Edith en tono de broma.

–Ni yo.

El avión se empezó a mover segundos después, y Beth se giró hacia la ventanilla, deseando poder hacer algo para que aumentara su velocidad. Si no se daban prisa, perdería al hombre del que estaba enamorada.

Omar estaba paseando por el jardín, a la luz de la luna. En pocos momentos, se casaría con Laila en una pequeña y privada ceremonia nupcial. No habían tenido tiempo de organizar nada grande, pero iba a ser aún más discreta de lo que pretendía. No había más invitados que el visir y el padre de Laila, que harían las veces de testigos. Ni siquiera habría una fiesta. Se limitarían a brindar en el jardín.

–Ya haremos algo más formal cuando podamos –le había dicho Khalid–. Tal como están las cosas, es esencial que se case cuanto antes y que se case en la intimidad, lejos de las habladurías que tanto daño han hecho a la Corona.

Khalid casi parecía feliz de que su boda se celebrara en secreto, pero a Omar no le extrañó. Al fin y al cabo, estaba a punto de salirse con la suya. Siempre había querido que se casara con Laila.

En cuanto a él, no tenía más remedio que seguir adelante. Laila era un sacrificio necesario. Había hablado con ella por la tarde, y le había confirmado que estaba dispuesta a casarse. Además, el país necesitaba una reina y necesitaba herederos.

Aparentemente, había tomado la decisión adecuada.

Pero, si era la decisión adecuada, ¿por qué se sentía tan mal? ¿Y por qué tenía la extraña sensación de que Khalid había buscado y encontrado la forma de forzarlo a casarse con una mujer que ni siquiera le gustaba?

Tras pensarlo un momento, Omar se dijo que no estaba siendo justo con el visir. La idea del mercado de novias había sido suya, no de él. La culpa era suya, no de Khalid, quien se había limitado a proponer la única solución posible: que se casara con Laila inmediatamente, para dejar atrás el pasado.

Su pasado con Beth.

Su pasado con la mujer que ya habría llegado a Houston, feliz de estar de vuelta. Además, ahora era rica y famosa. Era especial para todo el mundo, aunque nunca la querrían tanto como la quería él.

A Omar se le encogió el corazón. La había dejado ir porque estaba convencido de que su felicidad dependía de ello, pero no la olvidaría nunca. Y, por lo visto, su pueblo se encontraba en la misma situación. Decían que no les importaba si era científica o dependienta. La echaban de menos, y la querían de vuelta en Samarqara.

—El pueblo es voluble por naturaleza —le había comentado el visir—. ¿Quién sabe lo que pedirán después? Sea como sea, he ordenado que cierren los accesos a palacio para evitar problemas. Dentro de poco, sabrán quién está a cargo de este país.

Mientras paseaba por los jardines, Omar se hizo

esa misma pregunta. ¿Quién estaba a cargo? Teóricamente, él; pero solo teóricamente, como demostraba el hecho de que estuviera a punto de casarse con Laila en lugar de estar con la mujer que deseaba, la mujer de la que se había divorciado, creyendo que no podía ser feliz en Samarqara. Y no soportaba la idea de que fuera infeliz.

¿Cómo había podido ser tan estúpido? ¡Esa era la cuestión! Había renunciado a ella porque la quería hasta el extremo de anteponer las necesidades de Beth a las suyas. La propia Beth se lo había dicho cuando le preguntó qué era el amor verdadero.

«Que la felicidad de otra persona te importe más que la tuya», contestó.

Por fin lo comprendía.

Se había enamorado de ella.

–¿Majestad?

Omar se giró hacia el visir, que apareció a su lado.

–Su novia llegará en cualquier momento –continuó.

–No puedo casarme.

–¿Qué?

–Estoy enamorado, Khalid.

–¿De Laila al Abayyi? Me alegro mucho, porque será su esposo dentro de unos momentos y, a continuación, brindaremos por su futuro y…

–No me has entendido –lo interrumpió Omar–. No estoy enamorado de Laila, sino de Beth. Tengo que volver con ella.

–No puede ser tan egoísta, Omar.

Omar lo miró con extrañeza. Khalid nunca había sido grosero con él.

–¿Egoísta?

–¿Quiere que el país se hunda otra vez en la guerra civil? ¿Está dispuesto a eso con tal de acostarse con una simple dependienta? Además, no puede insultar de ese modo a Laila. No después de lo que le hizo a Ferida.

–¿Qué le hice yo?

–Obligarla a casarse contra su voluntad. Y, ahora, ¿va a humillar a su hermanastra? ¿Es que se ha vuelto loco? Hassan no se lo perdonaría nunca. No puede hacer eso. Tiene que comportarse como el rey que es.

Laila apareció entonces en el jardín, en compañía de su padre. Llevaba un vestido tradicional, y estaba sencillamente preciosa. Omar saludó a los recién llegados y se dijo una vez más que casarse con Laila era lo mejor que podía hacer. Tenía que sacrificarse por su país.

Pero eso era imposible.

Su corazón pertenecía a Beth. No podía fingir lo contrario y casarse con otra. Traicionarse a uno mismo era la peor de las traiciones posibles. ¿Y qué clase de rey sería si ni siquiera era capaz de reconocer sus propios sentimientos y actuar en consecuencia?

Por primera vez, entendió los motivos que habían llevado a Ferida a internarse en el desierto y suicidarse. Había preferido morir antes que entregarse a otro. Y él habría preferido lo mismo.

–Lo siento mucho –dijo, mirando a Laila y a su padre–. Siento un gran respeto por su familia, pero esta boda no se debe celebrar.

Hassan al Abayyi lo miró con odio.

–Si cree que puede… –empezó a decir, furioso.

El visir lo interrumpió con rapidez.

—Si el rey no quiere casarse hoy, no se casará. Está en su derecho.

—Gracias, Khalid —dijo Omar, mirándolo con gratitud.

El visir se acercó a una de las mesas que habían instalado en el jardín y sirvió cuatro copas de vino.

—Brindemos por el futuro y por la amistad eterna de los Al Maktoun y los Al Abayyi —dijo, dándole una copa al rey, que dudó un momento—. Estoy seguro de que no querrá insultar a nuestros invitados, Majestad.

—No, por supuesto que no —replicó Omar, aceptando la copa.

—En ese caso, por el futuro —dijo Khalid.

Omar brindó con ellos y se llevó su copa a los labios, pero el grito de una mujer impidió que se bebiera el contenido.

—¡No!

Para asombro de Omar, la mujer en cuestión era Beth, que corrió hacia él a toda prisa.

—¡Deténganla! —ordenó Khalid a los guardias.

Los guardias no le hicieron caso, y Omar se llevó una nueva sorpresa al darse cuenta de que estaban mirando a Beth como si solo la obedecieran a ella.

—Te han echado veneno en la copa, Omar. Khalid, Laila y Hassan pretendían matarte.

—¡Eso es mentira! —bramó el visir.

—¿Matarme?

En ese momento, Hassan perdió la paciencia y gritó:

—¡Ha destrozado el país! ¡No hace más que hablar de prosperidad e igualdad, pero Samarqara se debe gobernar con mano de hierro, como hizo su abuelo! ¡No se merece ser rey! ¡Laila y Khalid lo saben tan bien como yo! ¡Son ellos los que deberían gobernar!

Omar miró a Laila, completamente desconcertado.

—Yo no sabía que querían envenenarlo —afirmó la mujer—. Yo solo quería ser reina…

—¿Cómo ha podido hacerme esto, Khalid? ¡Somos amigos desde la infancia! —declaró Omar, completamente atónito.

—Lo fuimos hasta que asesinó a Ferida.

—Yo no asesiné a… ¡Oh, Dios mío! —dijo Omar, comprendiendo súbitamente lo que pasaba—. Era usted. Usted era el hombre del que estaba enamorada.

—Sí, así es, y me la arrebató sin derecho alguno, por la simple razón de que era el rey y tenía todo el poder en sus manos. Pero, desde entonces, no he hecho otra cosa que planear mi venganza. Quiero su corona, y me ofreció la excusa perfecta cuando decidió casarse con esa mujer —replicó Khalid con vehemencia—. ¡Por fin ha llegado el momento que esperaba! ¡Y, si no puedo ser rey, la mataré a ella!

Khalid se abalanzó sobre Beth con una daga, pero Omar lo interceptó y lo derribó antes de que pudiera hacerle ningún daño.

—¡Llévense a este hombre! ¡Llévenselos a todos! —ordenó al capitán de la guardia, que asintió y obedeció al instante.

Tras un breve forcejeo, los guardias se llevaron a los tres confabuladores, que se gritaban los unos a los otros, echándose la culpa de su fracaso. Y, cuando ya se habían quedado a solas, Beth preguntó a Omar:

—¿Qué les pasará?

–Ni lo sé ni me importa. Solo me importa que has vuelto.

–Rayah me llamó a Houston y me contó lo que pasaba. Por suerte, oyó una conversación del visir y se enteró de que pretendían asesinarte… aunque habría venido de todas formas, porque tenía algo que decirte.

–¿De qué se trata?

Ella lo miró con tristeza.

–Olvídalo. Te has casado con Laila, y…

Omar sacudió la cabeza.

–No me he casado con ella. No me podía casar, porque te quiero a ti.

–¿Cómo? –dijo Beth, sorprendida–. Pero… si estabais brindando por…

–Estábamos brindando por el futuro. Lo propuso Khalid cuando dije que no me quería casar con Laila, y ahora veo que no se refería a mi futuro, sino al suyo.

–No entiendo nada. ¿Cómo iban a reclamar tu corona?

–Por el sencillo procedimiento de decir que me había casado con Laila y fallecido después. Olvidas que Khalid es familiar mío y, como yo no tengo herederos, habría tenido todo el derecho del mundo.

–¡Es indignante! ¡Ha intentado matarte, Omar!

–Pero ha fracasado. Gracias a ti.

Beth llevaba los mismos vaqueros y la misma camiseta que se había puesto cuando salió de palacio para subirse al avión que la llevaría a Houston. Tenía ojeras, pero su cabello castaño brillaba a la luz de la luna, y a Omar le pareció la mujer más bella del mundo.

–Has cambiado mi vida, Beth. Eres la luz que me alumbra.

Ella respiró hondo.

–Omar, tengo algo que decirte.

–Yo también tengo algo que decirte, algo que debí decir hace tiempo. Y no me importa si te llamas Edith o te llamas Beth. Estoy enamorado de ti desde que nos conocimos, desde que nos encontramos en aquel jardín de París. Eres mi amor verdadero.

–¿Lo dices en serio?

–Por supuesto –contestó Omar, tomándola entre sus brazos–. Te has ganado el corazón de mi pueblo, y te ofrezco el de toda mi ciudad, el de toda mi nación.

–No es el amor de una nación lo que estoy buscando –replicó ella en voz baja.

Las palabras de Beth le emocionaron tanto que Omar se arrodilló sobre una pierna ante ella y dijo con intensidad:

–Lo sé, pero también te ofrezco mi amor. Eres la mujer que necesito. Te amo, Beth. Y me esforzaré todos los días por…

Omar dejó la frase sin terminar.

–¿Por qué? –preguntó ella.

–Por merecerte, por conquistar tu amor.

–¿Conquistar mi amor? No puedes conquistarlo, porque ya lo tienes –respondió Beth, tan emocionada como él–. Ya tenía intención de volver cuando Rayah me llamó. Quería hablar contigo y decirte que te amo.

Él se quedó perplejo.

–¿Me amas?

Ella asintió, sonriendo. Y Omar, que se levantó en un estado de felicidad absoluta, sin ser consciente siquiera de estar levantándose, la besó apasionadamente.

Por primera vez en su vida, se sintió un rey de verdad.

Edith y Michel fueron a visitarlos a Samarqara en la primavera del año siguiente, cuando Beth ya había tenido dos niños: Tariq y Nyah, dos gemelos que, por entonces, solo tenían un mes.

–Son preciosos –dijo Edith, sosteniendo a Tariq entre sus brazos.

–Los más guapos del mundo –afirmó el orgulloso Omar, que sostenía a Nyah.

Beth alzó la mirada desde el banco del jardín donde estaba sentada y la clavó en su hermana.

–Piensa en todo lo que se divertirán…

–La diversión ya ha empezado –intervino Omar con una sonrisa–. Pensé que el reino se volvería loco con tu coronación, pero esto lo supera. La noticia de su nacimiento hizo feliz a la prensa, por no hablar del Ministerio de Turismo.

–¿El Ministerio de Turismo? –preguntó Michel, sorprendido.

Beth asintió.

–Al parecer, el turismo ha aumentado un mil por ciento desde que nacieron.

–Vaya –dijo Michel–. Supongo que eso es bueno, ¿no?

Por la descripción que había hecho su hermana, Beth esperaba que Michel Dupree fuera un músico sexy y algo alocado, pero había descubierto que solo era un tranquilo y encantador haitiano que trabajaba de día como profesor de música y tocaba en locales por las noches, con un sueldo que habría sido más que suficiente para mantenerlos a los dos.

–Y encima, sabe cocinar –le había confesado Edith entre risitas–. Cocina para mí todas las noches y luego, *cocina* de la forma que ya sabes.

Al verlos ahora en el jardín de palacio, Beth pensó que su hermana había encontrado todo lo que buscaba, porque había descubierto el amor verdadero y, como de costumbre, estaba a punto de hacer un gran descubrimiento en su trabajo.

Pero, por otra parte, ¿quién no descubría algo de vez en cuando? Ella misma había descubierto que amaba a Omar y, cuando encontró las fuerzas necesarias para decírselo, todas las piezas encajaron. Ahora, estaba con el hombre más maravilloso del mundo.

Su boda fue sencillamente magnífica. La celebraron en el Palacio Real, con mil doscientos invitados llegados de todo el mundo y, cuando terminó, Beth se había convertido en reina de Samarqara. Incluso tenía una corona de verdad, aunque solo la utilizaba en ocasiones especiales. Pesaba tanto que le dolía la cabeza cuando se la ponía, de modo que procuraba no hacerlo.

«Reina». Aún no se podía creer que fuera reina. Pero lo era.

Todo el reino había salido a las calles a vitorearla. Hasta los nobles de Samarqara se habían mostrado encantados, aunque solo fuera para demostrar que no habían tenido nada que ver con el intento de golpe de Estado ni con las maniobras anteriores destinadas a desacreditarla. De hecho, los hombres que le habían lanzado piedras y tomates se habían presentado ante las autoridades para confesar que habían actuado así por orden del visir.

—Lo hicimos porque amenazó a nuestras familias —declaró uno—, pero nos aseguramos de que no recibiera el impacto de ninguna piedra. ¡Ayúdenos, Majestad! ¡Tenga piedad de nosotros!

Beth intercedió por ellos, y Omar se limitó a condenarlos a unos cuantos meses de servicios sociales. Pero Khalid y Hassan al Abayyi no tuvieron tanta suerte, porque acabaron en la cárcel después de que el Estado confiscara todas sus propiedades.

En cuanto a Laila, que fue condenada al exilio, se rebeló contra la sentencia y rogó que la metieran en prisión igual que a ellos.

—¡Mi familia ha perdido toda su fortuna! —exclamó—. ¿Y qué sentido tiene vivir si no puedo vivir en un palacio?

A Beth le pareció de lo más irónico. Omar solo había aceptado el trono por su sentido de la responsabilidad, y ella no había soñado nunca con vivir en un palacio. ¿Por qué iba a soñar semejante cosa? Sobre todo, cuando las exigencias del cargo habían estado a punto de separarla del hombre al que amaba.

Sin embargo, el amor lo había cambiado todo, y hasta había conseguido que un palacio pareciera un hogar.

Bueno, el amor y sus hijos, de los que se había quedado embarazada en la misma noche de bodas, cuando Omar la llevó a la cama donde dormían ahora y le susurró:

—Reservé esta cama para ti, solo para ti, para hacer el amor con mi esposa y mi reina.

Beth se ruborizó al recordarlo. Omar quería una familia grande, y siempre amenazaba con dejarla encinta seis o siete veces más. Pero, por fortuna, Beth no tenía nada contra las familias grandes.

Indiscutiblemente, la vida podía llegar a ser de lo más extraña, incluso en asuntos como el mercado de novias. De hecho, eran tan populares y estaban tan enamorados que la prensa empezó a hablar de las virtudes de esa tradición y de la posibilidad de hacerlo también con los novios.

Una noche, mientras descansaban en su habitación, Beth se puso a leer un periódico de los Estados Unidos y, en mitad de la lectura, rompió a reír.

—¡Aquí dicen que eres un genio! —exclamó.

—Por supuesto que lo soy. Lo sé todo, querida mía —replicó Omar con una sonrisa—. Soy tan listo que deberías obedecerme sin rechistar.

Beth le lanzó un almohadón, sintiéndose la mujer más feliz del mundo. Estaba con el hombre de su vida, y los niños dormían plácidamente en sus cunas mientras su hermana y su futuro cuñado cuidaban de ellos.

¿Qué había hecho para merecerse una vida así?

La respuesta era obvia, como supo ella misma cuando lo pensó. Había superado sus miedos y sus dudas. Había encontrado lo que quería y, al encontrarlo, se había encontrado a sí misma. Había hecho lo más importante de todo: enamorarse.

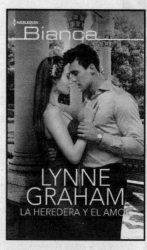

Acepte 2 de nuestras mejores novelas de amor GRATIS

¡Y reciba un regalo sorpresa!

Oferta especial de tiempo limitado

Rellene el cupón y envíelo a
Harlequin Reader Service®
3010 Walden Ave.
P.O. Box 1867
Buffalo, N.Y. 14240-1867

¡Si! Por favor, envíenme 2 novelas de amor de Harlequin (1 Bianca® y 1 Deseo®) gratis, más el regalo sorpresa. Luego remítanme 4 novelas nuevas todos los meses, las cuales recibiré mucho antes de que aparezcan en librerías, y factúrenme al bajo precio de $3,24 cada una, más $0,25 por envío e impuesto de ventas, si corresponde*. Este es el precio total, y es un ahorro de casi el 20% sobre el precio de portada. !Una oferta excelente! Entiendo que el hecho de aceptar estos libros y el regalo no me obliga en forma alguna a la compra de libros adicionales. Y también que puedo devolver cualquier envío y cancelar en cualquier momento. Aún si decido no comprar ningún otro libro de Harlequin, los 2 libros gratis y el regalo sorpresa son míos para siempre.

416 LBN DU7N

Nombre y apellido	(Por favor, letra de molde)	
Dirección	Apartamento No.	
Ciudad	Estado	Zona postal

Esta oferta se limita a un pedido por hogar y no está disponible para los subscriptores actuales de Deseo® y Bianca®.
*Los términos y precios quedan sujetos a cambios sin aviso previo.
Impuestos de ventas aplican en N.Y.

SPN-03   ©2003 Harlequin Enterprises Limited

DESEO

¿Se convertiría aquel matrimonio de conveniencia en uno de verdad?

Boda secreta

JESSICA LEMMON

Después de un nuevo escándalo, lo único que Stefanie Ferguson podía hacer para salvar la carrera política de su hermano era casarse. Por suerte, el mejor amigo de este estaba dispuesto a ayudarla. Hasta aquel momento, Emmett Keaton había distado mucho de resultarle siquiera simpático. Sin embargo, inesperadamente, tras los votos que intercambiaron, se desató entre ellos una pasión que ambos parecían haber estado negando durante largo tiempo.

Bianca

**La protegería con su vida y
la veneraría con su cuerpo....**

EL GUARDAESPALDAS QUE TEMÍA AL AMOR

Chantelle Shaw

Cuando Santino Vasari fue contratado como guardaespaldas de la rica heredera Arianna Fitzgerald, supuso que se encontraría con una niña mimada y consentida. Pero la hermosa Arianna lo desconcertó por su inesperada vulnerabilidad, y lo atrajo por su carácter indómito. A solas en la casa de campo de Santino en Sicilia, descubrieron que entre ellos había una tensión sexual electrizante. Y, cuando Santino descubrió hasta qué punto Arianna era inocente, luchar contra la tentación que representaba se convirtió en una labor titánica.

DEC 2 1 2019